AF747024

कहानी संग्रह

संतान कलियुग की

रविकुमार तेवतिया

BlueRose
Publishers
NewDelhi • London

© Ravi Kumar Teotia 2021

All rights reserved

All rights reserved by author. No part of this publication may be reproduced, stored in a retrieval system or transmitted in any form or by any means, electronic, mechanical, photocopying, recording or otherwise, without the prior permission of the author.

Although every precaution has been taken to verify the accuracy of the information contained herein, the author and publisher assume no responsibility for any errors or omissions. No liability is assumed for damages that may result from the use of information contained within.

First Published in December 2021

ISBN: 978-93-5472-512-8

BLUEROSE PUBLISHERS

www.bluerosepublishers.com

info@bluerosepublishers.com

+91 8882 898 898

Cover Design:

Muskan Sachdeva

Typographic Design:

Ilma Mirza

Distributed by: BlueRose, Amazon, Flipkart

"जीवन परिचय"
रविकुमार तेवतिया

जन्मः– 03/01/1957 को गांव व पोस्ट गोठनी, जिला बुलन्दशहर, उ0प्र0 में जन्म हुआ। 5 वर्ष की अवस्था में पिता का साया सर से उठ गया।

वर्तमान पताः– डुप्लेक्स 43, सिल्वर वैली (सिल्वर टाउन) नैनाना जाट, ग्वालियर रोड, आगरा– 282009

मो.न0 :– 9998971109

ईमेल आईडी :– ravi764420047@gmail.com

व्यवसायः– भूतपूर्व निरीक्षक सी.आई.एस.एफ. (वी.आर.एस. पेंशनर)

वरिष्ठ प्रबन्धक (सेवानिवृत्ति) आर.जी.एस.एस., आर.आई.एल. जामनगर, गुजरात

1974 तक नियमित शिक्षा (कक्षा बारह तक)

ननिहाल में जमीन के ऊपर मुकद्में के कारण शिक्षा बीच में छूट गयी, उस समय मुझ पर लगभग 20,000/– रूपये का कर्ज था।

1976 – 23 सितम्बर – सी0आई0एस0एफ0 में सिपाही के रूप में ज्वॉइन किया।

1978 – बी.ए. प्रथम वर्ष परीक्षा उत्तीर्ण की।

1979 – छोटी बहन की शादी की।

1980 – बी.ए. फाइनल की परीक्षा उत्तीर्ण की (मेरठ यूनिवर्सिटी, अब सी0सी0यू0)।

1981 – अपनी शादी की।

1982 – सी0आई0एस0एफ0 में सहा0उप–निरीक्षक की परीक्षा दी लेकिन अनुतीर्ण।

1983 – एम.ए. हिन्दी प्रथम वर्ष की परीक्षा उत्तीर्ण की।

1984 – सी0आई0एस0एफ0 में सीधी भर्ती में उप–निरीक्षक की परीक्षा पास की, एम0ए0 हिन्दी फाइनल की परीक्षा उत्तीर्ण की द्वितीय श्रेणी से (मेरठ यूनिवर्सिटी, अब सी0सी0यू0)।

1985 नवम्बर से 1989 जुलाई – दिल्ली पुलिस में प्रतिनियुक्ति पर तैनात, एम0ए0 दर्शन शास्त्र की परीक्षा प्रथम श्रेणी से उत्तीर्ण की (मेरठ यूनिवर्सिटी, अब सी0सी0यू0)। लगभग 12 वर्ष के अथक प्रयास के बाद कर्ज से मुक्ति।

1989 जुलाई –प्रतिनियुक्ति से सी0आई0एस0एफ0 में वापसी। सी0आई0एस0एफ0 देवली में तैनात।

1991 जनवरी – सी0आई0एस0एफ0 में निरीक्षक पद पर पदोन्नति।

2002 सितम्बर – सी0आई0एस0एफ0 से (वी0आर0एस0) लेकर रिलाइन्स (आई0पी0सी0एल0, आर0आई0एल0), बड़ौदा में सहायक प्रबन्धक (सुरक्षा) पर ज्वॉइन किया।

2006 दिसम्बर – रिलाइन्स जामनगर की दूसरी निर्माणाधीन रिफाइनरी (जामनगर एक्सपोर्ट रिफाइनरी प्रोजेक्ट) में स्थानान्तरण।

2010 जून से जून 2012 – जामनगर रिफाइनरी, प्रथम (पुरानी) मुख्य द्वार व उस ज़ोन के प्रभारी होने का सौभाग्य प्राप्त हुआ तथा वरिष्ठ प्रबन्धक सुरक्षा का प्रोमोशन आर0जी0एस0एस0 / आर0आई0एल0 में हुआ।

2015 जनवरी – 58 वर्ष की उम्र में वरिष्ठ सुरक्षा प्रबन्धक पद से सेवानिवृत्ति। अब सिल्वर वैली नैनाना जाट, ग्वालियर रोड, आगरा यू0पी0 में स्थायी रूप से निवास।

परिवार – माता जी – दिनांक 26.09.2010 को परम आदरणीय माताजी का 96 वर्ष की उम्र में स्वर्गवास।

पत्नी – परिवार में पत्नी, शादी के समय शिक्षा मात्र नौवीं कक्षा तक, बाद में दसवीं यू0पी0 बोर्ड से, बारहवीं सी0बी0एस0ई0 दिल्ली तथा बी0ए0 की परीक्षा दिल्ली यूनिवर्सिटी से पास की। सभी परीक्षायें व्यक्तिगत छात्र के रूप में पास की गयी।

पुत्र तीन – बड़ा पुत्र, शिक्षा एम0बी0ए0, डी0मार्ट में ए0एस0एम0।

दूसरा पुत्र, पोस्ट ग्रेजुएट डिप्लोमा, इवेन्ट मैनेजमेंट प्रोफेशनल।

बड़ी बहू, एम.ए., बी.एड तथा दूसरी बहू एम.बी.ए., एक पोता, दो पौत्री।

तीसरा पुत्र, दयालबाग एजुकेशनल इंस्टीट्यूट से बी0एस0सी0 प्रथम श्रेणी में उत्तीर्ण।

बहनें – दो बड़ी तथा एक छोटी (सभी विवाहित)।

समर्पित

मैं रविकुमार तेवतिया, पुत्र स्व0 श्री हरपाल सिंह, अपनी पुस्तक कहानी संग्रह 'संतान कलयुग की' अपनी परम् पूज्यनीय माताजी स्व0 श्रीमती मुखत्यारी देवी के श्री चरण कमलों में समर्पित करता हूँ। माताजी आज से लगभग 11 वर्ष पूर्व दिनांक 26.09.2010 को हमें अकेला छोड़कर इस भौतिक दुनिया से चली गई थी। खेद है कि वह आज हमारे बीच भौतिक रूप से उपस्थित नहीं हैं लेकिन हमारे दिलों के अन्दर उनकी अमिट छाप है। मेरे जीवन में उनका स्थान कोई नहीं ले पाया, परमप्रिय धर्मपत्नी भी नहीं तथा परमपिता परमेश्वर भी नहीं। मैंने उनकी याद में एक छोटी सी कविता लिखी है जो इस प्रकार है :–

मेरी माँ खास थी, मेरी माँ आस थी
पिता छोड़कर चले गये
बीच मझधार में
लेकिन मेरी माँ मेरे पास थी
मेरी माँ.......................... ।

उपरोक्त कविता से आप समझ ही चुके होंगे कि जब मेरी उम्र मात्र 5 वर्ष की थी, पिताजी का देहान्त हो गया था। परन्तु मेरी माँ ने हार नहीं मानी। सामाजिक व पारिवारिक चुनौतियों का साहसपूर्वक मुकाबला करते हुये हम चार बहन–भाईयों को पाला–पोसा तथा अपनी सामर्थ्य के अनुसार हमें शिक्षा प्रदान करवायी, अच्छे संस्कार दिये। उन्होंने बड़ा आदमी बनने के बजाय अच्छा आदमी बनने की सीख दी। मैं उनका पुत्र पूरे तेवतिया परिवार की ओर से उन्हें शत्–शत् नमन करता हूँ।

कहानी संग्रह 'संतान कलियुग की' कहानियों के बारे में संक्षिप्त जानकारी -

इस कहानी संग्रह में, मैंने अपनी बेहतरीन कहानियों का चुनाव किया है। इस संग्रह के माध्यम से मैंने आजकल की अँलाद का माता–पिता के साथ उपेक्षित व्यवहार, समाज सुधार, शिक्षा सुधार, गलती की भूल सुधार, प्रेम में धोखा, समय से पूर्व, पहले से ज्यादा मिलना तथा अपनी औकात भूलना, सेवक की वफादारी, औरत का औकात भूलना तथा मूल सुधार जैसे विषयों को वर्णित किया है। ये सभी मेरी बेहतरीन कहानियां हैं। मेरी हर कहानी से आपको कुछ ना कुछ सीखने व कुछ सोचने को मिलेगा।

जैसा कि इस संग्रह के शीर्षक से स्पष्ट है, इस संग्रह की पहली कहानी है 'संतान कलियुग की'। यह एक अति साधारण परिवार की कहानी है जिसमें एक फौजी सिपाही, उसकी पत्नी तथा उनका बच्चा है। फौजी का उनके कर्नल साहब से एन.डी.ए. के बारे में पूछे जाने पर उपेक्षित व अपमानजनक व्यवहार! यह अपमान उनके अन्दर अपने पुत्र को सेना में अफसर बनाने का जुनून पैदा कर देता है तथा वह अपने पुत्र को लेफ्टीनेन्ट बनाकर ही दम लेते हैं जबकि कर्नल साहब अपने पुत्र को सेना में अफसर नहीं बना सके। शादी के बाद पुत्र पत्नी का गुलाम बन जाता है तथा माता–पिता को उपेक्षित छोड़ देता है। ना तो उनके पास जाता है ना ही उन्हें पैसे भेजता है। वह छुट्टियों में अपने माता–पिता के घर नहीं जाता तथा अवकाश भी ससुराल में बिताता। यहाँ तक कि उसकी माँ को टी.बी. हो जाता है लेकिन कैप्टन दिनेश माँ को देखने के बजाय अपने ससुर को देखने जाता है तथा वहीं पर अपना समय काटता है। पुत्र मोह के कारण दिनेश की माँ अपने प्राण त्याग देती है इस इंतजार में कि कब उनका पुत्र, बहू और पोता उसको देखने आयेंगे। लेकिन उनका इंतजार कभी पूरा नहीं होता।

इस संग्रह की दूसरी कहानी है 'अग्नि परीक्षा'। ये अपने आप में एक अद्भुत कहानी है। इसमें एक मजबूर औरत को पति की लाश घर में होते हुये भी कई कार्य करने पड़ते हैं। फिर एक बिगड़ा हुआ बिजनेसमैन उसकी मदद करता है तथा उसे नौकरी देता है, बड़ी कीमत पर। बाद में वह बिजनेसमैन उसका सगा भाई निकलता है तो उसे जिन्दगी से वैराग्य

हो जाता है। वह वहाँ की सम्पति बहन को देकर गुम हो जाता है। हालांकि बाद में सब ठीक हो जाता है।

इस संग्रह की तीसरी कहानी है 'वापसी'। इस कहानी में एक गरीब लड़की एक अच्छे व्यक्ति की वजह से एस.डी.एम बनती है। उच्च सोसाइटी की चकाचौंध में वह अपनी असलियत भूल जाती है तथा परिवार के साथ बहुत बुरा व्यवहार करती है। बाद में किसी घटनाक्रम के कारण उसको अपनी गलती का अहसास हो जाता है तथा उसकी अपने घर में वापसी हो जाती है।

इस संग्रह की चौथी कहानी है 'सेवक'। इस कहानी में एक उद्योगपति के खानदानी सेवक ने अपने वास्तविक मालिक की पत्नी व बच्चों की बहुत सहायता की। मालिक के बेटे छोटे मालिक को कामयाब इंसान बनाया।

इस संग्रह की पांचवीं कहानी है 'संयोग' जिसमें एक परिवार में एक औरत अपने बच्चों के साथ अपने भाई के घर में रहती है। औरत के भाई का अत्यन्त दुभार्ग्यपूर्ण तथा पक्षपातपूर्ण व्यवहार होता है। उनका लड़का अपने बलबूते पर डी.एस.पी. बनता है तथा पुलिस में ईमानदारी की मिसाल कायम करता है।

संग्रह की छठी कहानी है 'स्वामी' जो धोखे में की गई शादी है जिसमें शादी से पूर्व गलत तथ्य बताये गये। कहानी का नायक शराबी, जुआरी, औरतखोर, झूठ बोलने वाला तथा बार–बार फिसलने वाला व्यक्ति था। नायिका ने उसे अनेकों बार सँभाला लेकिन वह............। अन्त में नायिका अपने प्राण त्याग देती है, तब जाकर नायक की आँख खुलती है।

संग्रह की सातवीं कहानी है 'कुल कलंक' जिसमें जाति प्रथा (छोटी जाति–बड़ी जाति) का वर्णन किया गया है। बड़ी जाति का एक अधिकारी जब अपने पिता से छोटी जाति के आई.ए.एस. लड़के से अपनी पुत्री की शादी की बात कहता है तो पिता ने उन्हें कुल कलंक की उपाधि दी। हालांकि बाद में सब ठीक हो गया।

संग्रह की आठवीं कहानी है 'क्षमा' जिसमें पत्नी द्वारा पति को धोखा दिया जाता है।

संग्रह की नौवीं कहानी है 'सुबह का भूला'। कहानी का नायक शादी को ना जाने क्या समझता है! उसे सर्वगुण सम्पन्न लड़की चाहिये लेकिन उसे मिलती है सर्व अवगुण सम्पन्न पत्नी जो उसकी सारी हेकड़ी निकाल देती है।

कहानी संग्रह की दसवीं कहानी है 'नकल' जो हमारे स्कूलों में चल रही नकल की कुरीति को वर्णित करती है। कहानी में बताया गया है कि यह कुरीति विष की तरह शिक्षा का स्तर गिरा रही है।

कहानी संग्रह की ग्याहरवीं तथा अंतिम कहानी है 'मृत्यु भोज'। यह एक सामाजिक कुरीति को वर्णित करती है। जिन्दा रहने पर चाहे इंसान को एक समय का खाना नसीब ना हो लेकिन मरने के बाद मृत्यु भोज देना आवश्यक है।

मैंने जो कहानी इस संग्रह में संग्रहित की है, आपको अवश्य पसन्द आयेगी। आपको मेरी कहानियां पढ़ने से शिक्षा भी मिलेगी... साथ ही साथ आपका मनोरंजन भी होगा।

ये कहानियां काल्पनिक नहीं हैं। इनके बारे में समाज में सुना गया है, महसूस किया गया है।

इस कहानी संग्रह पर आपके सुझाव आमंत्रित हैं। कहानी संग्रह प्रकाशन के साल के अन्तर्गत पाये गये 3 बेहतरीन सुझावों को पुरस्कृत किया जायेगा।

क्षमा पत्र

मैं एक सामान्य व्यक्ति हूँ तथा मेरा साहित्य के बारे में ज्ञान पूर्ण नहीं है। पिछले लगभग 40 वर्ष में सरकारी व प्राईवेट औद्योगिक संस्थानों में औद्योगिक सुरक्षा से जुड़ा रहा। इस कारण एक साहित्यिक (कहानीकार) के रूप में मेरा विकास ही नहीं हो पाया क्योंकि कभी इस क्षेत्र से जुड़ने व विकसित होने का सौभाग्य प्राप्त नहीं हुआ। भावपक्ष की दृष्टि से मेरी किसी कहानी में कोई समस्या नहीं है। सम्भवतः कलापक्ष उतना अच्छा ना हो, जितना होना चाहिये। लगभग 4 साल पहले ब्रेन स्ट्रोक होने के कारण दिमाग व शरीर लगभग 70–80 प्रतिशत क्षमता पर कार्य कर रहे हैं। इसमें लिखित कहानियां कई दशकों पूर्व लिखी गई थी जिन्हें अब मैंने इस कहानी संग्रह से सम्पूर्ण रचना कहानी का रूप दिया है। मेरी कहानियों में कलापक्ष की दृष्टि से कोई त्रुटि हो तो इस नौ सिखईये कहानीकार को क्षमा करने की कृपा करें। इतना मैं आपको विश्वास दिलाता हूँ कि आपको मेरी कहानियों से कुछ ना कुछ सीखने को अवश्य मिलेगा। यह कल्पना लोक पर आधारित न होकर वास्तविक जीवन से जुड़ी कहानियां हैं।

अनुक्रमाणिका

संतान कलयुग की

"राम सिंह! राम सिंह!" बटालियन हवलदार मेजर धनसिंह ने चिल्लाते हुए कहा।

"क्या हुआ मेजर साहब? क्यों इतना शोर मचा रहे हो?"

"अरे रामसिंह, तुम्हारे बेटे दिनेश की चिट्ठी आयी है जिसकी खातिर तुम बहुत परेशान रहते हो।"

"हाँ, मेजर साहब! आप सही कहते हो। जब तक हम अपने बिटवा दिनेश को लपटेन ना बना देंगे, चैन से नहीं बैठेंगे। मैं सोचता हूँ कि मैं तो जीवन में कुछ बन ना पाया। लेकिन अपने बेटा को एन डे कराकर लपटेन साहब जरूर बनाऊँगा।"

"एन.डी.ए कमीशन रामसिंह। लेकिन एन.डी.ए कमीशन वाली बात तुम्हारे मन में कहाँ से आ गयी।"

"हुआ ये मेजर साहब, कई साल पहले हमारी यूनिट सिक्किम में थी तथा मैं कर्नल चौधरी साहब का बटमैन था। एक दिन वे अपने बड़े लड़का को एन डे, आपने क्या बताया था मेजर साहब ?"

"एन.डी.ए"

"हाँ एन.डी.ए... हमसे तो यह बोला भी नहीं जाता मेजर साहब, हम पढ़े–लिखे नहीं है ना, चौधरी साहब अपनी मेम साहब को अपने बड़े लड़का को एन डे कराने की बात कर रहे थी तभी हम बीच में पूछ बैठे कि ये एन डे क्या होता है?"

तभी चौधरी साहब बोले "रामसिंह तुम क्या करोगे यह जानकर, पहले मेरे जूते साफ करके लाओ?"

"हम जूते पॉलिश करके लाये और हमने दोबारा एन.डी.ए के बारे में पूछा।"

"रामसिंह, यह एक परीक्षा है। इसे पास करके बच्चा अफसर बनकर निकलता है।"

"साहब! मैं भी अपने बेटा को लपटेन बनाऊँगा"

"रामसिंह, ये इतना आसान नहीं है। तुम अपने बिटवा को सिपाही ही भर्ती करा देना, वो ही बहुत है। लेफ्टीनेट बनाने का ख्याल दिल से निकाल दो। हमारा बड़ा लड़का उसमें एक बार फेल हो चुका है जबकि हमने उसे अच्छे इंस्टीट्यूट से कोचिंग भी कराया था।"

"कर्नल साहब अन्दर गये तथा मेम साहब से कुछ बातें करने लगे। मुझे इतना सुनायी दिया कि ब्लडी फूल, अपने लड़के को एन.डी.ए कराकर लेफ्टीनेट बनाना चाहता है, मैं कहता हूँ कि इसके लड़के को कोई सिपाही भी भर्ती नहीं करेगा। रिटायर होने को आया तथा खुद से हवलदार नहीं बना गया तथा लड़के को ....।"

"उसके बाद क्या हुआ रामसिंह?"

"मेजर साहब मैंने अपने क्लर्क से ब्लडी फुल के बारे में पूछा तो उन्होंने बताया कि कर्नल साहब मुझे गाली दे रहे थे। हमने उसी दिन ठान लिया कि बेटे को लपटेन साहब बनाकर ही छोड़ेंगे क्योंकि हमें कर्नल साहब की बात लग गयी थी।"

कुछ समय बाद रामसिंह को अवकाश मिल जाता है तथा वह अपने पैतृक निवास चला जाता है। एन.डी.ए वाली बात पहले रामसिंह ने पत्नी को तथा उसके बाद दिनेश को बतायी तो दोनों मेरी बात पर हँसने लगे जैसे कि मैं डॉयलाग बोल रहा हूँ।

तभी पड़ोस का एक पढ़ा–लिखा लड़का हम लोगों की बात सुनकर हमारे पास आ गया तथा बोला "अगर चाचाजी व चाचीजी तथा दिनेश यह ठान लें तो यह कार्य मुश्किल नहीं है लेकिन......... चाचाजी यह कार्य कठिन अवश्य है, मेहनत करके उसे पूरा किया जा सकता है।"

अगले दिन दिनेश का कक्षा आठ का रिजल्ट आ गया तथा वो क्लास में अव्वल था। वास्तव में दिनेश पढ़ने में बहुत होशियार था। शहर की पढ़ाई का खर्चा भी बहुत था जो रामसिंह की सामर्थ्य से ज्यादा था। रामसिंह की पत्नी ने अपने सोने के जेवर बेच दिये तथा उसे शहर के अच्छे स्कूल में एडमीशन दिला दिया। रामसिंह की औरत अपने पाँच बीघा खेत में खेती करती थी तथा बीच–बीच में मेहनत मजदूरी भी कर लेती थी ताकि दिनेश की पढ़ाई के पैसे की कमी ना पड़े।

रामसिंह की तनख्वाह का पूरा पैसा दिनेश की पढ़ाई में चला जाता था। इस तरह दिनेश ने दसवीं की परीक्षा बहुत अच्छे अंक के साथ प्रथम श्रेणी में पास की तथा मेरिट में भी उसका नाम था।

दिनेश के ग्यारहवीं के प्रवेश के लिये रामसिंह ने अपना मकान गिरवी रख दिया तथा शहर के अच्छे स्कूल में दिनेश का एडमिशन ग्यारहवीं में करा दिया। दिनेश बहुत ही होशियार तथा होनहार छात्र था तथा उसे एडमिशन में कोई दिक्कत नहीं हुई।

रामसिंह ने पूरी बात अपने बटालियन हवलदार मेजर (बी एच एम) को बतायी तथा रामसिंह ने यह भी बताया कि एक बार दिनेश की माँ की तबियत खराब हो गयी तो आस–पड़ोस की महिलाओं ने उसकी सेवा की लेकिन उसने दवाई इस डर से नहीं ली कि पैसे खर्च होंगे तथा वह गाँव की महिलाओं के सामने कहती थी कि मेरा दिनेश जब फौज में अफसर बन जायेगा तो वह ही अपनी माँ का इलाज करायेगा। वो कभी–कभी भूखी भी सो जाती थी तथा मुझे बगैर बताये कुछ रूपये का मनीआर्डर दिनेश को कर देती थी ताकि दिनेश को कोई परेशानी ना हो। मैं तो आप लोगो की सहायता से ....।

"रामसिंह तुम व तुम्हारी पत्नी इस युग की मिसाल हो। मैं अच्छी तरह से जानता हूँ कि तुम दोनों ने दिनेश की पढ़ाई के लिये क्या–क्या नहीं किया? अपनी औलाद की खातिर अपना सब सुख त्याग दिया। रामसिंह सुना है कि तुम्हारी चिट्ठी आयी है।"

"हाँ मेजर साहब!" उसके बाद रामसिंह उदास हो जाता है।

"क्या बात है, रामसिंह?"

रामसिंह ने उदास होकर कहा, "दिनेश को पैसे की जरूरत है। मेरे पास तो पैसे है नहीं।"

"रामसिंह, मेरे पास पैसे हैं तथा तुम उन्हें दिनेश के पास मनीआर्डर कर देना।"

"मेजर साहब! मैं आपका एहसान कैसे चुकाऊंगा। आपने तो मुझ पर पहले ही बहुत उपकार कर रखे हैं।"

"रामसिंह, आखिर दिनेश हमारा भी बच्चा है, भगवान ने मुझे तो औलाद ही नहीं दी। मैं दिनेश में अपनी ....।"

दिनेश ग्यारहवीं कर रहा था। दीपावली मनाने के लिये अपने गाँव आया हुआ था। एक दिन दोनों माँ–बेटा खेत पर काम कर रहे थे। अचानक दिनेश की माँ को चक्कर आ जाता है। दिनेश माँ को पेड़ के नीचे ले गया। माँ को पानी पिलाया तथा माँ का सिर अपनी गोदी में रखकर अपनी पुस्तक से माँ की हवा करने लगा। कुछ समय बाद उसकी माँ कर्मवती को होश आ जाता है। दिनेश तुरन्त कहता है "अब कैसी तबियत है, माँ?"

"माँ अब आप चिन्ता करनी बन्द कर दीजिये। जब मैं सेना में अफसर बन जाऊँगा तो आपका ईलाज मिलिट्री अस्पताल में कराऊँगा। सारी खुशियां आपकी झोली में डाल दूँगा।"

"अरे बेटा जब काले सिर की आवेगी तो तू अपने बापू, मैया को भूल जायेगा और वही करेगा जो वो कहेगी।"

"क्या आपको अपने बेटे पर भरोसा नहीं है, माँ?"

"नहीं रे, मैं तो वैसे ही कह रही थी। मेरा दिनेश तो लाखों में एक है।"

"मेजर साहब, दिनेश ने एन.डी.ए की परीक्षा पास कर ली है।"

"रामसिंह आज तुम्हारा सपना पूरा हो गया।"

"मेजर साहब ये सब आपकी मेहरबानी से हुआ है।"

"रामसिंह इन्सान की मेहरबानी से कुछ नहीं होता। मेहरबानी तो परमपिता परमेश्वर की होनी चाहिये।"

ट्रेनिंग समाप्त कर दिनेश लेफ्टीनेट बन जाता है तथा उसकी पोस्टिंग मेरठ छावनी में हो जाती है। दिनेश की माँ को टी.बी. हो जाता है तथा रामसिंह हवलदार से सेवानिवृत्त हो जाता है।

एक दिन रामसिंह अपने घर के बाहर चारपाई पर बैठा था, उसका गाँव हापुड़ के पास था। तभी एक कार आयी तथा रामसिंह के पास

आकर खड़ी हो गयी। कार से उतरने वाला व्यक्ति रामसिंह से उसी के बारे में पूछ रहा था।

तभी रामसिंह ने जबाव दिया "मैं ही रामसिंह हूँ... बताईये, मैं आपकी क्या सेवा कर सकता हूँ?"

"तब उस आने वाले व्यक्ति ने बताया "मैं एक व्यापारी हूँ तथा आपके बेटे दिनेश का रिश्ता अपनी बेटी के लिये लेकर आया हूँ।"

रामसिंह ने कहा "साहब हम लोग तो........... हमारा आपका क्या मेल? आप बड़े आदमी हैं।"

लड़की के पिता ने कहा "रामसिंह जी आपका बेटा दिनेश लेफ्टीनेन्ट है, फिर आप ....।"

बातचीत के बाद रिश्ता तय हो जाता है तथा अच्छी तरह से शादी की रस्म पूरी हो जाती है। जब दिनेश की पत्नी कल्पना शादी करके ससुराल आती है तो उसे ससुराल के रंग–ढंग, रहना–सहना, उनका स्टैंडर्ड कुछ भी पसंद नहीं आता है ना ही उसका ससुराल में मन लगता है। उसको ससुराल में जीवन काटना बेहद मुश्किल लग रहा था। उसके व्यवहार में घमण्डीपन भी था। दिनेश ने उसे समझाने का प्रयास किया, लेकिन उसकी कुछ समझ में नहीं आया। ससुर रामसिंह से कल्पना का व्यवहार सामान्य था। लेकिन उसका अपनी सास के प्रति................ क्योंकि उसे टी.बी. था। परिवारवालों की नज़र से यह बात छिपी नहीं थी बल्कि उन्होंने यह समझकर नज़रअंदाज़ कर दिया कि पढ़े–लिखे बड़े परिवार से आयी है तथा उसे गाँव के रीति–रिवाज पसन्द नहीं है।

अभी शादी के बाद दिनेश की छुट्टी खत्म भी नहीं हुई थी तथा उसने वापस ड्यूटी पर जाने के लिये दिनेश पर दबाव बना दिया था। दिनेश अपनी पत्नी को बता चुका था कि उसे सरकारी आवास मिल गया है तथा गाँव से जाने के बाद वे वहीं रहेंगे। जब रामसिंह व उसकी पत्नी कर्मवती को मालूम हुआ तो उन्होंने दोनों को छुट्टी खत्म होने से पहले ही भेज दिया।

दिनेश अपनी पत्नी कल्पना के साथ फौज के सरकारी आवास में सेट हो जाता है। दिनेश ने यह महसूस किया कि कल्पना को ससुराल, सास व सुसर में कोई दिलचस्पी नहीं है बल्कि वो किसी ना किसी बात

पर ससुराल की आलोचना करती रहती थी तथा वह दिनेश की माँ को बिल्कुल पसन्द नहीं करती। अपने मायके की बात–बात पर बढ़ाई करती रहती तथा ससुराल भी नहीं जाती थी। कल्पना दबाव देकर अपने मायके तो जाती थी तथा वो सामान्यतः छुट्टियाँ भी वहीं पर काटते थे। पहले–पहले तो दिनेश को खराब लगता था, फिर वो भी पत्नी के रंग में रंग जाता है।

शुरू–शुरू में तो दिनेश पैसे भी भेजता था तथा पत्र वगैरह अपने माता–पिता के पास लिखता था लेकिन कल्पना ने दबाव देकर वो भी बन्द करा दिया।

अब हवलदार मेजर धनसिंह हवलदार से नायब सूबेदार बन चुके थे तथा रामसिंह ने उन्हें दिनेश तथा उसकी पत्नी के व्यवहार के बारे में सब कुछ बता दिया। यह जानकर उन्हें बहुत दुःख हुआ।

"भैया रामसिंह सब किस्मत का खेल है। किस्मत में जो लिखा है, उसे कौन टाल सकता है?"

"गलत! एकदम गलत! साहब, मैं आपकी इस बात से सहमत नहीं हूँ। हम लोग इन्सान की गलतियों को नजरन्दाज करके प्रकृति का फैसला कहते हैं। मैं आपसे पूछता हूँ कि किस पुस्तक में लिखा है कि शादी होने के बाद माता–पिता को भूल जाओ। केवल पत्नी व ससुराल वालों के कहने पर चलो। उसे वो दिन याद नहीं जब उसकी माँ उसकी जिन्दगी बनाने के लिये मेहनत–मजदूरी करके उसे पैसे भेजती थी ताकि उसके दिनेश को कोई परेशानी ना हो। मैंने अपनी जिन्दगी की सारी कमाई, दिनेश के ऊपर खर्च कर दी ताकि वह फौज में अफसर बन सके। दिनेश की माँ को टी.बी. है। उसे अब अपनी माँ की कोई चिन्ता नहीं है। वह चाहे तो अपने साथ रखकर मिलेक्ट्ररी हॉस्पीटल में उसका अच्छा ईलाज करा सकता है लेकिन उसकी पत्नी को सास से बदबू आती है। साहब ऐसी औलाद से तो भगवान औलाद ना दे तो ही अच्छा है। कम से कम यह संतोष तो रहता है कि औलाद नहीं है। अगर मुझे मालूम होता कि दिनेश ऐसा निकलेगा तो मैं इसका गला दबा देता।"

"ऐसा मत कहो रामसिंह। मैं जानता हूँ कि तुम उसे कितना प्यार करते हो।"

"साहब एक बार दिनेश अकेला छुट्टी लेकर आया था। एक हफ्ते की छुट्टी थी। छुट्टी खत्म होने से पहले उसकी पत्नी कल्पना का तार आ गया कि उनके कुत्ते टोनी की तबियत खराब है। तुरन्त वापस आ जाओ तो दिनेश ने यह सब बताया। एक दिन पहले वह बता रहा था कि एक कुत्ते को पालने में, उसके खाने का ध्यान रखना, उसका मेडीकल चैकअप, एक आदमी से ज्यादा ध्यान एक कुत्ते को पालने में लगता है तथा हज़ारों रूपये भी खर्च होते हैं। वह तुरन्त वापस जाने के लिये तैयार हो गया। उसमें इतनी हिम्मत कहाँ कि पत्नी की बात टाल सके। एक तरह से वो पत्नी का गुलाम बन चुका है। एक बात आपको बताऊँ साहब, आज भी बहुत सी औलाद के पास माता–पिता को देने के लिये पैसे नहीं रहते। कुत्ते/बिल्ली पालने में हजारों रूपये खर्च कर देते हैं। अपने ऐश–मौज पर ये 'संतान कलियुग की' बेहताशा पैसा खर्च कर देती है। हे भगवान, कैसा जमाना आ गया!

साहब, आप ही बताईये मैं क्या करूँ? वह अब न तो हमारे पास पत्र डालता है ना ही पैसे भेजता है तथा अपनी छुट्टियाँ भी ससुराल में काटता है। मैंने कुछ समय पहले उसे पत्र लिखा था कि तेरी माँ की तबियत ज्यादा खराब है तो वह कुछ पैसे भेज दे। तो साहब उस नालायक ने क्या जबाव दिया? पिताजी अब माँ की उम्र ज्यादा हो चुकी है। अब इनका इलाज करवाने, भागदौड़ करने में कोई फायदा नहीं। उसने यह भी बताया कि कल्पना कह रही थी कि माताजी तो अब थोड़े दिन की मेहमान है। उनकी मृत्यु पर पिताजी अकेले गाँव में क्या करेंगे? वो मेरे पिता के पास चले जायेंगे तथा कार्य में उनकी मदद करेंगे।

साहब जब मैंने ये बात अपनी पत्नी को बतायी तो उसने कहा, 'बहू सही कहती है' तथा उसके बाद उसकी आँखों से अविरल धारा बह निकली जो थमने का नाम नहीं ले रही थी।

मेरे बहुत समझाने पर वह अपने आपको सामान्य कर पायी। उसकी आँखें हमेशा दरवाजे पर लगी रहती थी कि दिनेश बहू व पोते को लेकर अवश्य आयेगा परन्तु उस बदनसीब की यह इच्छा पूरी नहीं हो सकी।"

समझाबुझाकर नायब सूबेदार धनसिंह दुःखी मन से चले जाते हैं।

कुछ समय बाद दिनेश को टेलीग्राम मिलता है जो उसके पिता ने किया था कि तेरी माँ की तबियत ज्यादा खराब है। अगर वह दर्शन करना चाहता है तो आकर देख जाये। जब दिनेश ने अपनी पत्नी को यह बात बतायी तो वो तुरन्त बोली "उनकी तबियत तो बहुत समय से खराब है। इसमें परेशानी की क्या बात है? अच्छा हो, भगवान उन्हें उठा ले। आप भी वैसे ही परेशान हो जाते हैं।"

दिनेश सोच रहा था कि उसकी माँ की तबियत ज्यादा खराब होना उसकी पत्नी के लिये सामान्य बात है। अगर इसके मायके में किसी को कुछ हुआ होता तो ये हंगामा मचा देती।

कुछ दिन बात दिनेश को टेलीग्राम मिला कि फादर इन लॉ की तबियत खराब है, तुरन्त छुट्टी लेकर आये। दिनेश ने अपनी पत्नी को यह संदेश दिया तथा स्वयं जाने के लिये मना कर दिया।

दिनेश की पत्नी ने कहा, "मेरे पापा की तबियत खराब है तथा आपको इसकी बिल्कुल भी चिन्ता नहीं है। चाहे कुछ भी हो जाये, मैं अपने पापा को देखने अवश्य जाऊँगी। उसके बाद वो लोग सरघना के लिये निकल जाते हैं। एक रात दिनेश को नींद नहीं आ रही थी। वह अपना बचपन, माता–पिता का प्यार व उनके त्याग के बारे में सोच रहा था। वह यह महसूस कर रहा था कि वह अपनी पत्नी के हाथ की कठपुतली मात्र है, उसका अपना कोई वजूद नहीं है। उसकी माँ की तबियत खराब थी तो कल्पना के लिये ये साधारण बात थी तथा जब उसके पिता की तबियत खराब हुई तो उसने हंगामा खड़ा कर दिया। बेवकूफ तो मैं हूँ। आज यही मेरा जीवन है तथा यही मेरी मंजिल। मेरा जीवन व्यर्थ है, ऐसा जीवन जीने से कोई लाभ नहीं। मैंने इसे खुश करने के लिये अपने माता–पिता को भुला दिया जिन्होंने इतनी तकलीफ झेलकर मुझे पढ़ाया–लिखाया तथा इस योग्य बनाया जो आज मैं हूँ तथा ऐश मेरी पत्नी कर रही है।

कर्नल कपूर अपने कार्यालय में बैठे हुये थे। तभी संतरी उनके कार्यालय में इजाजत लेकर आया तथा उसने बताया "सर कैप्टन दिनेश के लिए टेलीग्राम आया है कि उनकी माताजी की तबियत बहुत खराब है तथा आप तो जानते ही हैं कि कैप्टन दिनेश अवकाश पर हैं, अपने ससुराल गये हैं।"

"ठीक है, मैं ब्रिगेडियर चौधरी से इस विषय में बात करता हूँ।"

कर्नल कपूर, ब्रिगेडियर चौधरी से मिलने जाते हैं तथा इजाजत लेकर उनके कार्यालय में प्रवेश करते हैं। ब्रिगेडियर चौधरी ने पूछा ''कपूर साहब सब ठीक है! आप कुछ उदास दिखायी दे रहे हैं।''

''सर! मैं सिर्फ उदास ही नहीं हूँ बल्कि बहुत दुःखी भी हूँ।''

''क्या हुआ कपूर साहब?''

कर्नल कपूर ने बताया ''सर कैप्टन दिनेश को पहले माताजी की तबियत खराब होने का टेलीग्राम मिला तो जनाब के जू नहीं रेंगी। कुछ समय बाद ससुर की बीमारी का टेलीग्राम मिला तो झट से अवकाश लेकर ससुराल चले गये, अपने ससुर साहब को देखने।''

हाँ कर्नल कपूर! ऐसा ही जमाना है, ये 'सन्तान कलियुग की' ऐसी ही है।

''सर अभी–अभी एक और टेलीग्राम आया है कि कैप्टन दिनेश की माताजी सीरियस हैं तथा अस्पताल में भर्ती हैं। टेलीग्राम कैप्टन दिनेश के पिताजी रिटायर हवलदार रामसिंह ने किया है।

''क्या कहा, कपूर साहब... दिनेश रामसिंह का लड़का है!''

''यस सर!''

''कपूर साहब, दिनेश का ससुराल कहाँ है?''

''सर सरघना!''

''चलो ठीक है, नजदीक ही है... कैप्टन को तुरन्त अवकाश से वापस बुलाया जाये।''

कैप्टन दिनेश, कर्नल कपूर से अनुमति लेकर प्रवेश करते हैं तथा जोरदार सैल्यूट से सम्मानित करते हैं। कर्नल कपूर, कैप्टन दिनेश को लेकर ब्रिगेडियर चौधरी के कार्यालय पहुँचते हैं।

''कैप्टन दिनेश, हम लोग काफी समय से आपका ही इंतजार कर रहे थे। आपकी माताजी बीमार रहती हैं तथा अब गम्भीर रूप से बीमार हैं। आप उन्हें देखने के बजाय ससुर को देखने चले गये।''

दिनेश की निगाहें शर्म से झुक जाती हैं तथा उसके मुख से निकलता है "यस सर"।

"नादान कैप्टन, मत भूलो तुम्हारे माता–पिता ने किस तरह अपना पेट काटकर, तुम्हें ऑफिसर बनाया। मैं आपके पिता रामसिंह को अच्छी तरह जानता हूँ क्योंकि जब मैं कर्नल था तो वह मेरी यूनिट में था। मैंने आपके बारे में पूरी जानकारी........। आप ना तो अपने माता–पिता के पास जाते हो ना ही उनके पास पैसे भेजते हो। आपकी माताजी आज मृत्यु शैय्या पर मौत से संघर्ष कर रही हैं और......... आपके पिता ने अपने जीवन की पूरी कमाई आपके ऊपर खर्च कर दी कि कल उसका पुत्र अफसर बनकर उसे .... मगर उस बदनसीब पिता की किस्मत कि उसके यहाँ पर कैप्टन दिनेश जैसे नालायक पुत्र ने जन्म लिया। मत भूलो कैप्टन, आने वाले समय में आपकी औलाद इससे बुरा सलूक आपके साथ करेगी। तब आपको अपनी गलती का एहसास होगा। मैं एक अफसर होकर अपने पुत्र को फौज में अफसर नहीं बना पाया। लेकिन रामसिंह ने सिपाही होते हुये भी तुम्हें अफसर बना दिया। इसलिये कि तुम शादी करके अपनी पत्नी के साथ ऐशपूर्वक रहो तथा अपने माता–पिता को भूल जाओ।"

तभी संतरी ने आकर ब्रिगेडियर चौधरी को सूचित किया "सर कैप्टन साहब की माताजी का मृत्यु का टेलीग्राम आया है।"

"देखते क्या हो, चलने की तैयारी करो। हम भी साथ चलेंगे। मेरठ से हापुड़ बहुत दूर नहीं है।

जब ये लोग हापुड़ के पास रामसिंह के तकीपुर गाँव पहुँचे तब तक रामसिंह अपनी पत्नी को अस्पताल से घर ला चुका था तथा श्मशान जाने की तैयारी चल रही थी। दिनेश ने जैसे ही अपनी माँ की अर्थी को हाथ लगाना चाहा तो रामसिंह ने चौधरी साहब से कहा "चौधरी साहब इससे कहो कि मेरी आँखों के सामने से चला जाये, ऐसा न हो कि मेरे हाथो ....।"

जब रामसिंह ने यह महसूस किया कि उसके कहने का दिनेश के ऊपर कोई प्रभाव नहीं पड़ा है तो वह बोला "सन्तान कलियुग की मेरी आंखो के सामने से दफा हो जा। नहीं तो मेरे ऊपर दोष लग जायेगा कि एक पिता ने पुत्र की हत्या कर दी। अरे बेवकूफ अब तू अपनी माँ को आग लगाने आया है। तेरी माँ ने तेरा इंतजार करते–करते अपने प्राण त्याग दिये। मरने से पूर्व उनकी इच्छा थी कि एक बार दिनेश, बहू व पोते का मुँह देख ले। लेकिन तूने वो उनकी इच्छा तो पूरी की नहीं। तुम जैसी

औलाद इस युग की मिसाल है। इस युग को अपनी औलाद पर गर्व करना चाहिये।"

अचानक रामसिंह को दौरा सा पड़ता है तो वह चिल्लाते हुये कहता है "सन्तान कलियुग की मेरी आँखों के सामने से चली जा तथा अपनी पत्नी के पास जा क्योंकि वही तेरी भगवान है। तू सिर्फ उसकी पूजा कर। उसी के कारण तूने अपने गरीब माता–पिता को ठुकराया। यह जानते हुये कि उन्होंने कितनी मुसीबत से तुझे पढ़ाया–लिखाया। मेरा तुझसे कोई सम्बन्ध नहीं है। इस सम्बन्ध को टूटे तो कई साल बीत गए। हवलदार रामसिंह तुझे, अपनी पत्नी को आग लगाने नहीं देगा।" तभी रामसिंह दिनेश की तरफ झपटा तथा दिनेश ने उन्हें अपनी बाहों में ले लिया तथा वह फिर कभी ना उठा।

अग्नि परीक्षा

महेश चन्द्र गुप्ता काफी समय से बीमार थे जिसके कारण परिवार की आर्थिक स्थिति बेहद खराब थी क्योंकि इस समय आय का कोई साधन नहीं था। परिवार की स्थिति पहले बहुत अच्छी थी, परन्तु गुप्ता जी की तबियत खराब रहने के कारण आर्थिक स्थिति बहुत ही दयनीय स्थिति में पहुँच चुकी थी। पूर्व में यह एक खुशहाल परिवार था। गुप्ता जी भिलाई में एक प्राइवेट फर्म में इंजीनियर थे। उनकी शादी धूमधाम से एक पढ़ी–लिखी, सुन्दर–सुशील लड़की सुषमा से हुई थी। काफी समय तक सब कुछ सामान्य तरीके से चलता रहा। इसके बाद गुप्ता जी की तबियत खराब रहने लगी। जब तबियत ठीक नहीं हुई तो एक बड़े अस्पताल में उन्हें भर्ती कराया गया। वहाँ पर मालूम हुआ कि उन्हें कैन्सर है। शुरू–शुरू में गुप्ता जी की कम्पनी ने उनकी खूब मदद की। लेकिन लम्बे समय तक बीमार रहने के कारण कम्पनी ने उनकी सेवायें समाप्त कर दी। कम्पनी से जो फण्ड मिला था, वह धीरे–धीरे घर के खर्च तथा गुप्ता जी के ईलाज में खत्म हो चुका था। मिसेज गुप्ता जॉब कर सकती थी क्योंकि वे स्वयं एम.बी.ए थी। लेकिन गुप्ता जी की देखभाल के कारण वह नौकरी नहीं कर सकती थी। लेकिन अब परिवार बहुत ही खराब स्थिति में पहुँच चुका था। हालात इतने बुरे हो चुके थे कि कर्जा देने वालों ने कर्ज देना बन्द कर दिया था। दवाई की तो छोड़ो, अब परिवार को कई बार भूखे सोना पड़ता था। अब सुषमा निश्चय कर चुकी थी कि अब नौकरी करने के अलावा कोई चारा नहीं है। लड़की काजल 12वीं में तथा लड़का अजय 10वीं में पढ़ रहा था।

अगली सुबह जब सुषमा जागी तो उसने दोनों बच्चों को पढ़ने के लिये उठाया। जब उसने अपने पति के मुँह से चादर हटाया तथा उन्हें हिलाया–डुलाया तो उसे एहसास हुआ कि गुप्ता जी उन्हें छोड़कर जा चुके थे। अन्दर से ज़ोरदार हिचकी आयी तथा उनके मुँह से चीख निकली जिसे उन्होंने मुँह में दबा दिया। वह मुँह बन्द करके फफक–फफक कर रो रही थी। उसे मालूम था कि अगर उसने बच्चों को बता दिया तो वो पेपर देने नहीं जायेंगे। आज बच्चों का आखिरी पेपर था तथा उसे स्वयं भी इन्टरव्यूह के लिये जाना था। काजल ने मम्मी के रोने की आवाज़ सुन ली

थी। उस समय अजय बाथरूम में था। आवाज सुनकर काजल ने कहा "मम्मी क्या बात है?" तो सुषमा काजल से लिपटकर धीरे–धीरे रोने लगी।

"काजल तुम्हारे पापा हमें छोड़कर चले गये हैं। बेटा! तुम्हें हिम्मत नहीं हारनी है... आज हमारी 'अग्नि परीक्षा' है तथा अजय को भी नहीं बताना है। वह नादान है, इतने बड़े सदमें को सह नहीं पायेगा। तुम समझदार हो, बहादुर हो। अगर आज हम सबने हिम्मत का परिचय नहीं दिया तो तुम दोनों का यह साल खराब हो जायेगा। मुझे भी एक फर्म में इन्ट्ररव्यू देने के लिये जाना है। घर पर अन्तिम संस्कार के लिये पैसे नहीं है। बेटी! तेरे दिल का दर्द मैं समझती हूँ। तू भी आज अपनी माँ के दिल का दर्द समझ। हमें आज एक–दूसरे के दिल का दर्द समझना है, एक–दूसरे की ताकत बनना है। हो सकता है इस पेपर में तुम्हारे बहुत अच्छे नम्बर नहीं आएं लेकिन कम से कम तुम्हारा साल तो बच जायेगा।"

तभी उन दोनों को अजय के कमरे से, अजय की आवाज आयी। दोनों में अपने आपको सामान्य किया। दोनों निकल कर बाहर आ गये।

अजय ने पूछा "पापा नहीं उठे।"

सुषमा ने जवाब दिया "नहीं, रात को उन्हें देर से नींद आयी। अभी तक सो रहे हैं।"

उसके बाद सुषमा ने दोनों बच्चों को स्कूल भेज दिया तथा खुद इन्टरव्यूह के लिये तैयार होने लगी। क्या गुजर रही थी उस बेचारी पर! पर............ इन्टरव्यूह में ठीक से तैयार होकर नहीं जायेगी तो उसे कौन जॉब पर रखेगा। पहले वह दरवाजा बन्द करती है तथा जी भरकर रोती है। तदोपरान्त इच्छा ना होते हुए भी तैयार होकर इन्टरव्यूह के लिये जाती है। अंतिम संस्कार के लिये पैसे नहीं है। हम लोग क्या खायेंगे? तभी उसके मुँह से निकल पड़ा "पता नहीं भगवान मेरी कौन सी अग्नि परीक्षा ले रहे हैं!"

सुषमा गुप्ता, 'सुषमा इन्टरप्राजेज' में इन्टरव्यू के लिये पहुँच जाती है तथा अन्य उम्मीदवारों की तरह अपनी बारी का इंतजार करने लगती है। तभी अचानक उसका नम्बर आ जाता है।

"मे आई कम इन सर!"

''कम इन... बैठिये मिसेज गुप्ता! हमने जिस पद के लिये आपको इन्टरव्यू के लिये बुलाया था, वह उम्मीदवार सेलेक्ट किया जा चुका है। अब हम आपको नौकरी नहीं दे सकते।''

''सर, मैं बहुत ही दुःखी व बदनसीब औरत हूँ, मुझे नौकरी की सख्त जरूरत है।''

ठीक है, हम आपको दूसरी जगह रख लेते हैं। अगर आपका नम्बर पहले आ जाता तो हम आपको यह जॉब दे सकते थे। लेकिन अब इसके लिये आपको .... मेरा अभिप्राय आप समझ रही हैं, मिसेज गुप्ता।''

मिसेज गुप्ता बड़बड़ाती हुई ऑफिस से बाहर निकल जाती हैं। रास्ते में अपने मंगलसूत्र को दो हजार में बेच देती है ताकि वह अपने पति का अंतिम संस्कार कर सके तथा बच्चों के खाने–पीने के लिये कुछ पैसा बच जाये। घर पर पहुँचती है तो मकान मालिक किराया लेने के लिये खड़ा था। सुषमा उससे कहती है ''सेठ जी, काजल के पापा की तबियत ठीक नहीं है।''

''यह सुन–सुनकर मेरे कान पक गये हैं कि काजल के पापा की तबियत ठीक नहीं है। मैं आज पैसे लेकर ही जाऊँगा। मैंने तुमसे कहा था कि सेठानी नहीं रही, कभी–कभी मेरा........... लेकिन तुम्हारी समझ में नहीं आता। आखिर तुम ठहरी सती–सावत्री। तुम्हारी समझ में मेरी बात नहीं आती।'' इसके बाद सेठ ने सुषमा से उसका पर्श छीन लिया तथा उसमें रखे दो हजार रूपये निकाल कर कहता है, 'झूठी कहीं की'... इसके बाद सेठ चला जाता है।

सुषमा, सेठ से यह भी नहीं कह सकती थी, कि घर में उसका पति मृत है वह यह पैसे............. बताने पर सेठ कहता है कि घर में मृत पति पड़ा है। सजधज कर बाहर से आ रही है। सुषमा पुनः इन्टरव्यूह लेने वाले सर के पास जाती है तथा इजाजत लेकर ऑफिस में प्रवेश करती है।

''सर मुझे आपकी हर शर्त बिना शर्त मंजूर है। मुझे जॉब पर रख लीजिए तथा दो हजार रूपये मुझे लोन पर दे दीजिये। 15 दिन छुट्टी भी दे दीजिये। आगे मेरी तनख्वाह से काट लेना। आपसे निवेदन है मुझसे

कुछ मत पूछना। जिन्दगी में कभी–कभी ऐसा क्षण आता है जिन्हें शब्दों में बयान नहीं किया जा सकता।''

सर अब सोच रहे थे कि अभी कुछ समय पहले ये तुनक कर ऑफिस से चली गयी थी। अब बिना शर्त मेरी हर शर्त मानने को राजी हो गयी। फिर वह सोचते हैं– क्या मालूम किसकी क्या मजबूरी हो?

सुषमा दो हजार रूपये से, पहले पति का अंतिम संस्कार करती है, तदोपरान्त बच्चों के लिये कुछ खाने का सामान व राशन लाती है। घटना/दुर्घटना होने पर भी जिन्दगी रूकती थोड़े ही है, वह चलती रहती है चाहे हँसकर चले या रोकर। अवकाश के बाद सुषमा ने नौकरी पर जाना शुरू कर दिया। जिन्दगी फिर से पटरी पर लौट आयी। पड़ोसी सुषमा के बारे में तरह–तरह की बातें करने लगे। लोगों का काम कहना है, चाहे फिर गलत हो या सही। उन्हें इस बात से कोई मतलब नहीं है कि किसके साथ क्या मजबूरी है? इस दुनिया को दूसरों की मजबूरी पर हँसने में बड़ा मजा आता है। लोग तो तरह–तरह की बातें करने लगे। इसके पति के मरते ही नौकरी मिल गयी। कुछ कहते कि इसने पहले से कोई यार ढूंढ़ रखा था। अब पति तो रहा नहीं, अब तो यह बेलगाम .... हो गयी है।

एक दिन मिसेज गुप्ता को उसके बॉस ने अपने ऑफिस में बुलाया तथा पूछा ''मिसेज गुप्ता क्या बात है आप बहुत उदास रहती हैं। क्या मैं कारण जान सकता हूँ?''

''सर, जिसकी किस्मत में रोना लिखा होता है, उसे अपने हिस्से का दुःख/तकलीफ झेलना पड़ता है। मेरी परेशानी व उदासी जानकर क्या करेंगे? आप बताईये कि आपने किसलिये मुझे बुलाया।''

''शायद आपने मुझसे कोई वायदा किया था। सम्भवतः आप वह भूल चुकी हैं।''

''सर, मैं कुछ नहीं भूली। मुझे अपना वायदा पूरी तरह याद है।''

''ऐसा करना आज ओवर टाइम के लिये रूक जाना।''

''ठीक है सर, मैं रूक जाऊँगी।''

मिस्टर अग्रवाल कुछ सोचते हैं, फिर सुषमा से पूछते है ''तुम्हारे घर पर कौन–कौन हैं?''

''सर! मैं मेरी बेटी काजल तथा पुत्र अजय।''

''पति।''

''सर, उनका स्वर्गवास हो चुका है।''

''आपके घर पर कैसा रहेगा।''

''जैसी आपकी मर्जी।''

''एड्रेस क्या है?''

सुषमा एड्रेस बता देती है।

''तो ठीक है, मैं कल रात्रि 9 बजे आऊँगा।''

''ठीक है सर!''

रात्रि 9 बजे सुषमा के बॉस रमेश चन्द्र अग्रवाल अपनी पुरानी छोटी गाड़ी से सुषमा के घर पहुँचते हैं। उस समय सुषमा घर पर नहीं थी। वह खाने–पीने का सामान लेने बाज़ार गयी थी। घर पर सुषमा की बेटी काजल व पुत्र अजय मौजूद थे।

मिस्टर अग्रवाल ने दोनों बच्चों से पूछा, ''आपकी मम्मी कहाँ है?''

''मम्मी बाजार से कुछ सामान लेने गयी है। हमने आज अभी तक खाना नहीं खाया है, सिर्फ सुबह चाय–बिस्कुट खाये थे।''

''बेटा, आपके पापा की डेथ कब हुई थी?''

''20 दिन पहले अंकल।''

''ओह। मम्मी को मेरी इस बातचीत के बारे में कुछ मत बताना।''

तभी सुषमा हाथ में खाने का सामान, ब्रेड–बिस्कुट आदि लेकर आ जाती है।

''सॉरी सर, मैं बच्चों को बताकर गयी थी कि अंकल आयेंगे तथा उनका ध्यान रखना।''

''नहीं सुषमा कोई बात नहीं। उन्होंने मुझे पानी सर्व किया। वास्तव में तुम्हारे बच्चे बहुत समझदार हैं।''

उसके बाद सुषमा चाय बनाती है। बच्चे चाय ब्रेड लेते हैं तथा सुषमा व उसके बॉस बिस्कुट चाय लेते हैं। उसके बाद सुषमा उन्हें उनके कमरे में भेज देती है।

"सर मैं बैडरूम में जा रही हूँ। दस मिनट बाद आप आ जाना।"

"ठीक है!"

दस मिनट बाद मिस्टर अग्रवाल सुषमा के बेडरूम में प्रवेश करते हैं। तो उन्होंने देखा कि सुषमा ने गुलाबी कलर का गाऊन (बिना बाह का) पहन रखा था। रूम में हल्के रंग का प्रकाश था।

"सर... मैं प्रस्तुत हूँ!"

"मिसेज गुप्ता, पहले मुझे अपने परिवार के बारे में बताइये।"

"आपको मेरे परिवार के बारे में जानकर क्या करना है? आप अपना काम कीजिये। आपके मेरे ऊपर बहुत एहसान हैं, आप उनकी कीमत वसूल कीजिये।"

"सुषमा कोई इंसान कितना भी बुरा हो, फिर भी थोड़ी बहुत इंसानियत उसके अन्दर रहती है।"

"छोड़िये सर!"

"सुषमा आपको, यह बताना ही होगा। आपने पहले मेरे प्रस्ताव पर नौकरी को ठुकरा दिया। एक घण्टे में ऐसा क्या हो गया कि ....?"

सुषमा ने मिस्टर अग्रवाल को पूरा हाल बता दिया। मिस्टर अग्रवाल अपना सिर पकड़कर बैठ जाते हैं तथा कहते हैं "ओह! जीवन में ऐसा भी सम्भव है। हमारे समाज में इतनी महान औरत भी हो सकती है तथा वह मेरी फर्म में कार्य करती है।"

सर, आप कुछ ज्यादा भावुक हो रहे हैं। बड़े लोगों को ज्यादा भावुक नहीं होना चाहिये।"

"क्या बड़े लोग इंसान नहीं होते अथवा उनमें भावुकता नहीं होती।"

"मैंने ऐसा नहीं कहा सर। आप अपने असल मकसद से भटक रहे हैं तथा मुझे तिल–तिल कर मार रहे हैं। अपना कार्य कीजिये तथा जाइये।

आखिर मैं यहाँ पर सभ्य लोगों के बीच रहती हूँ। मेरी भी यहाँ पर थोड़ी बहुत इज्जत है।'' यह कहकर वह अपना गाऊन खोल देती है।

''अब तुम मुझे बताओगी कि मुझे क्या करना है।'' मिस्टर अग्रवाल ने गुस्से से कहा।

''सॉरी सर!''

वास्तव में मिस्टर अग्रवाल इस समय अपने दिमाग के अन्दर उठ रहे बवंडर से जूझ रहे थे। तभी उन्हें सुषमा के कन्धे पर बड़ा तिल का निशान दिखायी देता है। ऐसा ही तिल का निशान उसकी बहन सुषमा के कन्धे पर था। अचानक मिस्टर अग्रवाल का जुनून रफूचक्कर हो जाता है। फिर उसे ध्यान आता है कि सुषमा की गर्दन पर भी एक बड़ा तिल था। फिर मिस्टर अग्रवाल आलिंगन का बहाना बनाकर सुषमा की गर्दन देखता है तो उसे वहाँ पर भी बड़ा सा तिल का निशान दिखायी देता है। अब मिस्टर अग्रवाल को पूरा विश्वास हो गया कि वह जिस औरत के साथ....... ... वह उसकी सगी बहन है।

वह सुषमा से कहता है ''आप अपने कपड़े पहन लीजिए तथा मुझे एक गिलास पानी लाकर दीजिये।'' पानी पीकर वह अपने आपको सामान्य करता है।

सुषमा को अपने बॉस का व्यवहार समझ नहीं आ रहा था।

तभी मिस्टर अग्रवाल सुषमा से कहते हैं कि आप आईये और अपना सिर मेरी गोदी में रखिये तथा मुझे अपने बचपन का पूरा हाल सुनाइये।

सुषमा अपने बॉस की बात सुनकर जड़ हो जाती है तथा अग्रवाल जी की बात पर कोई ध्यान नहीं देती।

''मिसेज गुप्ता क्या आपने मेरी बात नहीं सुनी? लगता है आपको नौकरी की जरूरत नहीं है, अगर आप मेरी बात नहीं मानेंगी तो मैं चला जाऊँगा।''

''नहीं सर, आप इस तरह से नहीं जा सकते। अगर आप नाराज होकर चले गये तथा आपने मुझे नौकरी से निकाल दिया तो हमारा क्या होगा? मेरे बच्चे भूखे मर जायेंगे। बड़ी मुश्किल से जिन्दगी थोड़ा पटरी पर लौटी है। आप जैसा कहेंगे, वैसा ही करूँगी।''

"आइये, आप मेरी गोदी में सिर रखकर लेट जाइये तथा अपने बचपन का पूरा हाल मुझे बताईये।"

सुषमा अपना सर अग्रवाल जी की गोदी में रखकर लेट जाती है तथा बताती है "सर मुझे थोड़ा–थोड़ा याद है जब मैं 4–5 साल की थी तो एक एग्जीविशन में अपने माता–पिता से बिछुड़ गयी। मेरा एक बड़ा भाई भी था, जिसका नाम मुझे याद नहीं। माता–पिता दोनों थे तथा हमारा परिवार सम्पन्न परिवार था। उसके बाद एक अंकल–आन्टी, जिनकी कोई औलाद नहीं थी, उनको मैं मिल गयी तथा मैंने उनको ही अपना माता–पिता मान लिया। उन्होंने बड़े अच्छे तरीके से मेरा लालन–पालन किया। उन्होंने मेरी शादी बड़े धूमधाम से मिस्टर गुप्ता से की। कुछ साल पहले व्यापार में बहुत ज्यादा घाटा आने पर पहले पिता की तथा फिर माता जी की मृत्यु हो गयी। लेकिन सर आप यह सब क्यों पूछ रहे हो?"

तभी मिस्टर अग्रवाल की आँखों से एक आँसू निकला तथा वह आंसू सुषमा के गाल पर गिरा।

"आप रो रहे हैं सर!"

मिस्टर अग्रवाल ने सुषमा की बात का कोई जबाव नहीं दिया। सुषमा का सिर अपनी गोदी से हटाया तथा कहा "सुषमा हो सके तो मुझे क्षमा कर देना।" इसके बाद वह चले जाते हैं।

सुषमा की समझ में नहीं आ रहा था कि क्या हो रहा है? उसे मिस्टर अग्रवाल का व्यवहार समझ नहीं आ रहा था। वह सोच रही थी कि एक गलत इंसान देवता भी हो सकता है। इसके बाद वह सो जाती है।

सुबह उठने के बाद तीनों चाय पी रहे थे। तभी काजल बोलती है "मम्मी, रात जो अंकल आये थे, वह हमारे परिवार के बारे में, पापा की डेथ के बारे पूछ रहे थे। उन्होंने यह भी कहा था यह सब हम आपको ना बतायें।"

सुषमा का मन अशान्त था। वह मिस्टर अग्रवाल के अजीबोगरीब व्यवहार के बारे में सोच रही थी। जो बातें मिस्टर अग्रवाल ने उससे की, उससे सुषमा को वह भी लगता था कि उसका मिस्टर अग्रवाल से कोई परिवारिक रिश्ता तो नहीं है। उसकी कुछ भी समझ में नहीं आया तथा

वह इस निष्कर्ष पर पहुँची कि चाहे जो भी हो, सर निहायत ही अच्छे इंसान हैं।

आज रविवार है तथा ऑफिस की छुट्टी है। दोपहर को ऑफिस से चपरासी आता है तथा दो लिफाफे सुषमा को देता है। सुषमा पहला लिफाफा खोलती है तो उसमें उसकी सेवायें समाप्त करने की बात लिखी हुई थी जिससे उसे काफी दुःख हुआ। इसके बाद वह दूसरा लिफाफा खोलती है, उसमें उसे इस ऑफिस का एम.डी. बनाया गया था। अब सुषमा को पूर्ण विश्वास हो गया था कि उसका सर से कोई ना कोई पारिवारिक सम्बन्ध है।

सोमवार सुबह एक लम्बी गाड़ी सुषमा के फ्लैट के नीचे आकर खड़ी हो जाती है। चपरासी भी गाड़ी में साथ आता है तथा सुषमा के फ्लैट पर जाकर सुषमा से कहता है "सर ने आपके लिये गाड़ी भेजी है।" इस पर वह आश्चर्यचकित हो जाती है तथा गाड़ी से कार्यालय पहुँचती है तो मिस्टर अग्रवाल की पी.ए. कंचन ने उसे बताया कि अब आप साधारण कर्मचारी नहीं बल्कि इस फर्म की मालिक हैं।

सुषमा ने पी.ए. कंचन से पूछा "सर कहाँ हैं?"

पी.ए. कंचन ने जबाव दिया "सर आवश्यक कार्य से बाहर गये हैं। कब तक लौटेंगे पता नहीं। वे पूरे स्टाफ को बताकर गये हैं कि उनकी अनुपस्थिति में सुषमा इस कार्यालय का कार्य देखेंगी। जी.एम साहब ने इस सम्बन्ध में कुछ पूछना चाहा तो उन्होंने यह कहकर चुप करा दिया कि मिस्टर कुलकर्णी! जीवन में कुछ अप्रत्याशित घटनायें होती रहती हैं। आप इंतजार करें। भविष्य में आपको आपके सभी बातों का जवाब मिल जायेगा। उनका स्टाफ के लिये सख्त आदेश था कि आपको पूरा सहयोग दिया जाये। आपको इस सम्बन्ध में कोई परेशानी नहीं होनी चाहिये। सर का आपके लिये मैसेज है कि अब आप फ्लैट में नहीं रहेंगी बल्कि साहब के बंगले में रहेंगी।"

"कंचन, सर के बारे में मुझे कुछ और बताइये।"

"मैडम! मुझे बहुत ज्यादा जानकारी तो नहीं है। मुझे इतनी जानकारी है कि सर का परिवार नागपुर में रहता है, वहीं पर हमारी फर्म का कॉर्पोरेट ऑफिस है तथा यहाँ पर भिलाई में कम्पनी का रजिस्ट्रर्ड

ऑफिस है। सर पांच दिन नागपुर रहते हैं तथा 2 दिन भिलाई में रहते हैं।''

सुषमा ऑफिस में यह महसूस कर रही थी कि उसके नीचे काम करने वाले लोग उसे अजीब तरह से ....। उसने इस बारे में कंचन से बात की तो उसने बताया कि ऐसा बदलाव होने पर ऐसा व्यवहार सम्भव है।

सुषमा शाम को अपने फ्लैट पहुँचती है तो पड़ोसियें के बीच खुसर–पुसर शुरू हो जाती है। सुषमा ने इतना ही सुना ''सुषना ने क्या हाथ मारा है, अभी तो पति की चिता की अग्नि .... तथा इसने इश्क लगाना शुरू कर दिया। अब वह फ्लैट से बंगले में शिफ्ट कर लेती है।

अगले दिन वह अपने ऑफिस जाती है तो जो खुसर–पुसर उसकी कॉलोनी में थी, वही खुसर–पुसर सुषमा को ऑफिस में भी देखने को मिलती है। इस अजीब व्यवहार से उसका ....। उसे बड़ा अजीब लग रहा था। जब उससे नहीं रहा गया तो उसने बड़े अधिकारियों व कुछ स्टॉफ, जितने कान्फ्रेस रूम में आ सकते थे, की मीटिंग बुलाई। मीटिंग को सम्बोधित करते हुये वह कहती है, ''अग्रवाल सर ने जो कुछ किया है, वह क्यों किया है, इसके बारे में जितना आप जानते हैं, उतना ही मैं भी जानती हूँ। ऑफिस में आप लोग, कॉलोनी में तथा नये बंगले में लोग मुझे तिरछी नजर से देखते हैं। लेकिन मैं क्या करूं, मेरा कसूर क्या है? लोग सर के साथ मेरे सम्बन्धों को लेकर अजीब–अजीब बात करते हैं। हो सकता है कोई पारिवारिक या अन्य रिश्ता हमारे बीच में हो परन्तु मैं परमपिता परमेश्वर व दोनों बच्चों की कसम खाकर आप लोगों को यह विश्वास दिलाती हूँ कि मुझे इस सम्बन्ध में कोई जानकारी नहीं है।''

''जी.एम साहब, आप इस विषय में कुछ कहना पसन्द करेंगे!''

''मैडम, अभी तो कुछ नहीं कहा जा सकता है। मुझे उम्मीद है कि समय के साथ ....। अभी हमें थोड़ा इंतजार करना चाहिये।''

सुषमा ने ऑफिस में मीडिया वालों के लिये एक कान्फ्रेंस रखी तथा उन्होंने मीडिया के सामने कहा ''अग्रवाल सर के बारे में हम सबके पास सीमित जानकारी है। जितना आप लोग इस विषय में अनभिज्ञ हैं, मैं भी उतनी ही अनभिज्ञ हूँ। इस वातावरण में, मुझे सरवाइव करने में बड़ी असुविधा महसूस हो रही है। अब मैं जो मैसेज अग्रवाल सर के नाम देने

जा रही हूँ, आपसे निवेदन है कि उसे अपने चैनल/समाचार पत्र में ऐलान कर दें ताकि अग्रवाल सर इस विषय में हमें कुछ बता सकें। मैं सुषमा गुप्ता, अग्रवाल सर से निवेदन करती हूँ कि आप अगर मेरे शुभचिन्तक हैं तो आपको यह बताना होगा कि आपने जो किया है, क्यों किया? कोई वैसे ही इतना बड़ा निर्णय नहीं करता। क्या आपका मेरा कोई परिवारिक या अन्य सम्बन्ध है तो उसे बतायें। इस तरह चुपचाप चले जाना कई भ्रान्तियों व गलतफहमियों को जन्म देता है। आपको हमें, समाज को, मीडिया को इस बारे में बताना होगा। अगर आपने एक हफ्ते के अन्दर यह नहीं किया तो मैं सब कुछ छोड़कर अपने दोनों बच्चों को लेकर अज्ञात स्थान पर चली जाऊँगी जहाँ पर लोग मुझे............। इस कार्य के लिये मैं आपको एक हफ्ते का समय देती हूँ।"

सुषमा ने अग्रवाल सर को जो एक हफ्ते का समय दिया, वह आज समाप्त होने वाला था। उसके दिल में तरह–तरह के सवाल आ रहे थे कि अगर सर ने कोई खुलासा नहीं किया तो अपने वायदे के अनुसार उसे यह सब छोड़कर जाना होगा। वह कहाँ जायेगी तथा क्या करेगी! फिर मन में ख्याल आता है कि आज रात तक कोई ना कोई खुलासा अवश्य आ जायेगा।

तभी काजल ने सुषमा को अपने पास बुलाया, "मम्मी! अग्रवाल अंकल टी.वी. पर कुछ बोल रहे हैं।" अग्रवाल सर टी.वी चैनल पर रोते हुये कह रहे हैं "मैं सबसे पहले सुषमा के बारे में बताता हूँ, वो कोई गैर नहीं है बल्कि मेरी छोटी बहन सुषमा है। मैंने उसके साथ जो व्यवहार किया, उसके लिये वो मुझे क्षमा कर दे। इसके बाद मैं अपनी धर्मपत्नी व बच्चों से क्षमायाचना करता हूँ कि मेरे इस अप्रत्याशित व्यवहार के लिये, उन्हें जो कष्ट हुआ, उसके लिये मैं क्षमा चाहता हूँ। आज भिलाई की फर्म की मालकिन सुषमा होगी तथा नागपुर के फर्म का कार्य मेरी धर्मपत्नी तारा अग्रवाल देखेगी। मैंने सुषमा को जो कुछ दिया है, सुषमा के ऊपर कोई एहसान नहीं किया बल्कि उसका हिस्सा उसे दिया है। हमने अपनी फर्म का नाम 'सुषमा इन्टरप्राइजेज' सुषमा के नाम पर रखा था। मैं एक सच्चाई आप लोगों के सामने बताता हूँ कि शुरू में मेरे मम्मी–पापा की कोई औलाद नहीं थी। फिर उन्होंने दूर के एक रिश्तेदार से मुझे गोद ले लिया। गोद लेने के चार साल बाद सुषमा का जन्म हुआ, लेकिन इससे मम्मी–पापा के व्यवहार में कोई परिवर्तन नहीं आया, बल्कि उनका प्यार

मुझसे और ज्यादा बढ़ गया क्योंकि मेरे गोद लेने के बाद सुषमा का जन्म हुआ था। जब सुषमा चार साल की थी तो एक एग्जीविशन में गुम हो गयी। हमने उसे ढूँढने का बहुत प्रयास किया परन्तु वह नहीं मिली। मुझे व मम्मी पापा को विश्वास था कि सुषमा हमें अवश्य मिलेगी। इंतजार करते–करते दो साल पहले मम्मी–पापा का देहान्त हो गया। मुझमें इतनी हिम्मत नहीं है कि सुषमा तुम्हारा सामना कर सकूं। मेरी गुड़िया बहन सुषमा, हो सके तो इस बदनसीब भाई को क्षमा कर देना। मैं अज्ञातवास पर जा रहा हूँ। सामान्य होने पर लौट आऊँगा। अपनी भाभी व दोनों भतीजों का ध्यान रखना तथा तारा को समझाना क्योंकि इस घटना के बाद वो भी बुरी तरह टूट चुकी होगी।''

काजल व अजय दोनों सुषमा से पूछते हैं ''मम्मी अग्रवाल अंकल हमारे सगे मामा हैं।''

''हाँ।''

समाज ने, ऑफिस ने तथा मीडिया ने सुषमा को अपना लिया। अब उसे सब जगह पूरा सम्मान मिलता था जिसकी वो हकदार थी। सुषमा का ऑफिस में बहुत अच्छा व्यवहार था। वह उन्हें नौकर की तरह नहीं बल्कि कुलीग की तरह व्यवहार करती थी।

कुछ समय बाद सुषमा अपनी पी.ए. से नागपुर के फर्म व बंगले का एड्रेस लेकर नागपुर जाती है। वे लोग देर शाम बंगले पर पहुँचते हैं। वहाँ जाने पर मालूम हुआ कि उसकी भाभी तारा अग्रवाल की तबियत ठीक नहीं है, वह हर समय गुमसुम रहती थी। ज्यादा बातचीत नहीं करती थी।

तारा ने अपने बच्चों को बताया ''बेटा अनिल, प्रमोद ये तुम्हारी सुषमा बुआ हैं।'' इसके बाद दोनों परिवार में घनिष्ठता बढ़ जाती है। सुषमा सभी का बहुत ध्यान रखती थी। सुषमा ने अपने बच्चों को भी नागपुर शिफ्ट कर लिया तथा वह भी ज्यादातर नागपुर में रहती ताकि भाभी व बच्चों का ज्यादा ध्यान रख सके। भिलाई सिर्फ दो दिन के लिये जाती थी। सुषमा ने बड़े भतीजे अनिल से कहा ''अनिल जल्द अपनी एम. बी.ए. पूरी करो तथा फर्म का कार्य सँभालो। मैं ज्यादा समय घर पर भाभी की सेवा में देना चाहती हूँ। दोनों परिवार खुशीपूर्वक रहने लगे। अग्रवाल सर का पता नहीं था। एक दिन सुषमा अपने बंगले से अपने कार्यालय जा

रही थी। रास्ते में एक भिखारी की तरह के एक व्यक्ति का उसकी कार से एक्सीडेन्ट हो जाता है। सुषमा घायल व्यक्ति को अस्पताल भेजने का इंतजाम करती है। तथा स्वयं मीटिंग अटेंड करने ऑफिस जाती है। मीटिंग समाप्त होने के बाद वह अस्पताल पहुँचती है तथा डॉक्टर कहते हैं, एक्सीडेन्ट में इन्हें ज्यादा चोट नहीं आयी है। इन्हें कोई मानसिक सदमा लगा है। हर समय 'सुषमा, सुषमा' करते रहते हैं।

''क्या?''

उसके बाद डॉक्टर सुषमा को मरीज के पास ले जाते हैं तो उस समय मरीज सो रहा था। मरीज की दाढ़ी बढ़ी हुई थी। फिर भी सुषमा को अपने भाई को पहचानने में कोई परेशानी नहीं हुई।

सुषमा भाई के सिर पर हाथ रखकर कहती है ''भईया आपकी गुड़िया सुषमा!''

''सुषमा!''

''हाँ भईया, आपकी गुड़िया!''

''तो तूने मुझे माफ कर दिया!''

पहली बात तो आपने ऐसा कोई कार्य नहीं किया कि आपको माफी मांगनी पड़े। फिर भी अगर आपके दिल में लेष मात्र भी............... तो मैंने तो बहुत पहले ही आपको माफ कर दिया जब आप माफी मांग कर मेरे फ्लैट से चले गये थे। आप महान हैं भईया। ये सब समय का कुचक था जो अब समाप्त हो चुका है। भईया जल्दी से ठीक हो जाइये। आपके रूप में मुझे भाभी को तोहफा जो देना है। आपको देखकर भाभी बहुत प्रसन्न होंगी।

''गुड़िया मुझे अब जीकर क्या करना है? मुझे मालूम है कि तूने अपनी पूरी जिम्मेदारी सँभाल ली है।''

''ऐसा मत कहो भैया... अन्यथा मैं रूठकर चली जाऊँगी।''

''गुड़िया, अब मैं तुझे कहीं नहीं जाने दूँगा। बड़ी मुश्किल से तू मिली है।''

"भैया हमें आपकी बहुत आवश्यकता है, पारिवारिक रूप से तथा बिजनेस के तौर पर भी। अभी हमें अपने बिजनेस को बहुत ऊँचाई तक ले जाना है।"

इसके बाद सुषमा अस्पताल में ही अपने भैया की दाढ़ी बनवाती है तथा अच्छे कपड़ों की व्यवस्था करती है। इसके बाद वो दोनों अपने बंगले पहुँचते हैं।

सुषमा बेल बजाती है तथा अपने भईया को साइड में कर देती है।

बेल सुनकर अनिल द्वारा दरवाजा खोला जाता है।

"बुआ आप!"

"हाँ, अनिल मैं!"

"भाभी कहाँ हैं?"

"आराम कर रही हैं!"

"जाकर भाभी से कहो, "बुआ आपके लिये एक विशिष्ट उपहार लायी है!"

अनिल जाकर कहता है कि बुआ आपको बाहर बुला रही है। आपके लिये कोई विशेष गिफ्ट लायी है।

"अरे, ये सुषमा भी मुझे परेशान करती रहती है, गिप्ट अन्दर लाकर नहीं दे सकती थी।"

तारा बंगले के अन्दर वाले गेट पर पहुँचती है तथा सुषमा से कहती है "सुषमा क्या गिफ्ट लायी है?" तभी सुषमा कहती हैं, "भईया ईधर आईये!"

मिस्टर अग्रवाल को देखकर तारा की खुशी का ठिकाना ना रहा। वह उनसे लिपट कर रोने लगती है तथा कहती है "अब तो आप अपनी तारा को छोड़कर नहीं जायेंगे।"

"नहीं पगली... अब मैं कहीं नहीं जाऊँगा!"

फिर तारा, सुषमा से पूछती है कि यह सब किस प्रकार हुआ।

सुषमा पूरा हाल अपनी भाभी को बता देती है तथा सभी प्रसन्नतापूर्वक रहने लगते हैं क्योंकि समय का कुचक्र समाप्त हो चुका था।

वापसी

अजय तेवतिया अपने दोस्त विजय से 500 रूपये माँगकर लाया था। आज उसे अपनी छोटी बहन रीता का 12वीं का फार्म भरवाना था। अजय की आर्थिक स्थिति ठीक नहीं थी। अजय सोच रहा था कि मेरी भरपूर कोशिश के बाद भी आर्थिक स्थिति ठीक नहीं हो पा रही है। अजय इस समय 12वीं के वाणिज्य के छात्र व छात्राओं को ट्यूशन पढ़ाता था। दोनों भाई–बहन शासकीय गर्ल्स इन्टर के बगल से गुजर रहे थे, तभी अजय ने देखा कि एक लड़की पेड़ के नीचे बैठी रो रही है। अचानक अजय के पैर रूक गये तथा वह उस लड़की के पास पहुँचा तथा हिचकिचाते हुये बोला, "आप क्यों रो रही हैं?"

"क्या आपने रोने वालों का ठेका ले रखा है?"

"जी नहीं, ऐसी कोई बात नहीं है।"

"फिर क्या बात है?"

"बस जी, मैंने तो इन्सानियत के नाते पूछ लिया। अगर मैंने आपसे रोने का कारण पूछकर कोई गलती की है तो मैं निःसन्देह क्षमा का प्रार्थी हूँ। कृपया मुझे क्षमा कर दें।"

"आपने मेरे रोने का कारण पूछकर कोई गलती नहीं की है, दरअसल दूसरों का दुःख देखकर लोग उसका मजाक उड़ाते हैं। आज ही माँ पड़ोसी से मेरे फार्म के लिये पैसे मांगने गयी थी तो उन्होंने जवाब दिया कि जब पढ़ाने के लिये पैसे नहीं हैं तो क्या पढ़ाना जरूरी है? आज मेरे इन्टर के फार्म की फीस भरे जाने की आखिरी तारीख है। आज अगर मैं फीस नहीं भर पायी तो 12वीं की परीक्षा में नहीं बैठ पाऊँगी।"

"ये है मेरी बहन रीता।"

"हैलो रीता!" गीता ने कहा।

"हैलो गीता!" रीता ने कहा।

"अच्छा तो आप लोग एक–दूसरे को जानते हो।"

"हाँ भईया, हम लोग एक–दूसरे को न सिर्फ अच्छी तरह जानते हैं बल्कि हम अच्छे दोस्त भी हैं।"

अजय ने कहा, "वेरीगुड। अच्छा अब आप दोनों फार्म भरने जाओ। अन्य बातें बाद में होती रहेंगी।"

अजय ने 500 रूपये का नोट गीता को दिया। नोट लेते समय गीता के हाथ काँप रहे थे। उसने अपना हाथ वापस खींच लिया।

अजय ने कहा "ले लो, मैं कोई खैरात में नहीं दे रहा हूँ बल्कि कर्ज दे रहा हूँ, जब व्यवस्था हो, तब वापस कर देना।"

"अगर नहीं लौटा पायी तो................।" गीता ने कहा।

"कोई बात नहीं, ये एक गरीब की दूसरे गरीब को भेंट होगी।" अजय ने बलपूर्वक 500 रू0 का नोट गीता के हाथ में थमा दिया। रीता व गीता अपना–अपना फार्म भरने चली जाती हैं। बाद में, कुछ समय बात दोनों प्रसन्न मुद्रा में कॉलेज से बाहर आती हैं तथा एक साथ कहती हैं "हम लोग अपनी–अपनी फीस व फार्म जमा कर आये हैं।"

"वेरीगुड!" अजय ने कहा।

रीता ने अपने भाई अजय से कहा "भईया गीता भी हम लोगों की तरह गरीब है। इसकी माँ लोगों के घर में काम करती है तथा उनकी तबियत भी ठीक नहीं रहती। ये आपकी बहुत तारीफ कर रही थी तथा कह रह रही थी कि आपके भैया बहुत अच्छे हैं।"

तभी गीता जवाब देती है "मैंने जो कहा सत्य कहा, वास्तव में आप बहुत अच्छे हैं... तो अच्छे को तो अच्छा बोलना पड़ेगा।"

"ऐसा कुछ नहीं है गीता जी... अगर एक गरीब दूसरे गरीब के काम नहीं आयेगा तो कौन आयेगा!"

"आपका बहुत–बहुत धन्यवाद अजय जी!"

"इसमें धन्यवाद जैसा कुछ नहीं है गीता जी। मैंने तो मानवता का पालन किया, इन्सानियत का पालन किया... हम लोगों के पास अच्छाई व सच्चाई के अतिरिक्त है ही क्या?"

तभी गीता बोली "ये चीजें तो इंसान की सबसे बड़ी धरोहर हैं। वो अलग बात है कि आज इन्सान अच्छाई, सच्चाई व मानवता को समझता नहीं है।"

गीता ने रीता के घर जाकर उसका दरवाजा खटखटाया। दरवाजा रीता ने खोला।

"गीता तुम कितने दिनों से.....................।"

"रीता, परीक्षा का समय नजदीक आ चुका है। मैंने अपना पूरा फोकस परीक्षा पर कर रखा है। अगर नम्बर कम आये तो अजय जी नाराज हो जायेंगे।"

"वो तो है, कम नम्बर आने पर हम सब नाराज हो जायेंगे तथा अच्छे नम्बर आने पर जश्न मनायेंगे तथा मिठाई भी खायेंगे।"

वक्त तेजी से गुजर रहा था। रीता व गीता की परीक्षा समाप्त हो चुकी थी। काफी समय से परीक्षाफल का इंतजार हो रहा था। फिर वह दिन आ गया जब परीक्षाफल आने वाला था। साइबर कैफे में परीक्षाफल जानने वालों की भीड़ लगी थी। काफी समय इंतजार करने के बाद अजय की बारी आती है तो पहले अजय रीता का रिजल्ट देखता है तथा पाता है कि वह द्वितीय श्रेणी में उत्तीर्ण है। तदोपरान्त गीता का परीक्षाफल देखता है तो पाता है कि गीता प्रथम श्रेणी में उत्तीर्ण है। रिजल्ट देखकर अजय बहुत प्रसन्न होता है। वह पहले अपने घर गया तथा वहाँ पर परीक्षाफल के बारे में बताया। इसके बाद दोनों भाई–बहन गीता के घर जाते हैं। अजय ने गीता के घर का दरवाजा खटखटाया तथा गीता ने दरवाजा खोला।

दोनों भाई–बहन को अपने घर पर देखकर गीता चौंक पड़ी तथा बोली "आप लोग!"

"हाँ, हम लोग!"

अजय ने गीता को बताया कि वह प्रथम श्रेणी से पास हो गयी हो तथा रीता भी द्वितीय श्रेणी से पास हो गयी है।

गीता अपनी माँ के पास जाती है तथा कहती है "माँ! मैं प्रथम श्रेणी से पास हो गयी हूँ।" गीता माँ के चरण स्पर्श भी करती है।

"अरे मेरे पैर क्यों छूती हो? उसके पैर छुओ जिसके कारण तुझे यह सफलता मिली है। कभी अजय बाबू का एहसान मत

भूलना। अक्सर लोग मतलब निकलने पर एहसान भूल जाते हैं। गीता तुरन्त अजय के पास पहुँचती है तथा उसके पैर छूने के लिये झुकती है। अजय ने उसे रोकते हुये कहा "इसकी आवश्यकता नहीं है। मुझे इंसान ही रहने दो।"

"माता जी नमस्ते!" अजय व रीता ने एक साथ कहा।

"नमस्ते बच्चों, तुम लोगों ने हमारे ऊपर बहुत बड़ा एहसान किया है।"

"आप कैसी बात करती हैं, माता जी... खुशी के मौके पर ऐसी बात नहीं की जाती है। ऐसे अवसर पर मिठाई खायी जाती है।"

मिठाई खाने के बाद गीता की माताजी कान्ती देवी ने कहा "बेटा अजय! मैंने गीता की जिम्मेदारी तेरे ऊपर डाल दी है।"

सहसा रीता के मुँह से निकलता है, "भईया कैसे रहेंगे!"

"इससे अच्छा क्या हो सकता है!" कान्ती देवी ने कहा।

गीता शर्माकर बाहर आंगन में चली जाती है। अजय ने कहा, "मेरी माँ इस विषय में आपसे बात कर लेंगी क्योंकि विवाह–शादी के मामले बड़ो द्वारा तय किये जाते हैं तो अच्छा रहता है।"

इस विषय में दोनों परिवारों में दोनों की माताओं द्वारा बात की जाती है तथा रिश्ता पक्का हो जाता है। तदोपरान्त साधारण तरीके से अजय व गीता की शादी हो जाती है। शादी का पूरा खर्चा अजय द्वारा उठाया जाता है। गीता अजय की पत्नी बनकर अजय के घर आ जाती है।

शादी के कुछ समय बाद अजय की तहसील में क्लर्क की नौकरी लग जाती है। अब तक वह बच्चों को ट्यूशन पढ़ा रहा था।

एक दिन अजय व गीता दोनों बेड पर बैठे हुये थे। काफी गम्भीर विषयों पर चर्चा चल रही थी।

अचानक अजय गीता से पूछता है "अब क्या विचार है?"

"मेरा विचार तो बी.ए. करने का है लेकिन घर की आर्थिक स्थिति हमें ....।"

"तुम्हारा विचार बिल्कुल सही है, गीता। तुम्हें बी.ए. अवश्य करना चाहिये। रही घर की स्थिति, तो यह तो परिवार में चलता रहता है। अब मेरी नौकरी लग गई है। आर्थिक स्थिति धीरे–धीरे ठीक हो जायेगी।"

अजय ने गीता को बी.ए. प्रथम वर्ष में दाखिला दिला दिया तथा उसने अंग्रेजी, अर्थशास्त्र, राजनैतिक शास्त्र तथा सामान्य हिन्दी विषय लिये। गीता ने अपनी पढ़ाई सामान्य रूप से शुरू कर दी।

एक दिन गीता ने अजय से कहा, "आपने मुझे रेगुलर एडमिशन दिला दिया तथा रीता को प्राईवेट फार्म भरवाने की बात कही। यह आपने अच्छा नहीं किया। मेरे अलावा आपकी अन्य जिम्मेदारी भी हैं जिनसे आप अपना मुख नहीं मोड़ सकते। आपने मुझे रेगुलर एडमिशन दिला दिया तथा रीता को.............। ऐसी बातों से घर में दरार पैदा हो जाती है।"

"गीता, मेरे घर वाले इतने संकीर्ण विचारों वाले नहीं हैं।"

एक दिन रीता अपनी माँ शान्ती देवी से कह रही थी "भईया ने भाभी को रेगूलर एडमिशन दिलाकर अच्छा ही किया। भाभी पढ़ने में होशियार है तथा बी.ए. करने के बाद उसकी नौकरी लग जायेगी तथा यह घर कर्ज से मुक्त हो जायेगा। भईया ने पहली बार अपनी जिन्दगी में अपने लिया कुछ किया है।"

जब जिन्दगी में सुकुन व शान्ती हो तो यह समय बड़ी तेजी से गुजरता है। वहीं अगर जिन्दगी में सुकुन व शान्ती ना हो तो एक–एक पल बहुत ही लम्बा प्रतीत होता है। रीता तथा गीता की परीक्षा चल रही थी। दोनों को पढ़ाई के साथ–साथ घर का काम भी करना पड़ता था। रीता व गीता एक–दूसरे का बहुत ध्यान रखती थी। एक दिन शाम अजय घर वापस लौटा तो उसने पाया कि रीता व गीता का झगड़ा हो रहा था। झगड़े का विषय था कि खाना कौन बनायेगा? रीता कह रही थी कि खाना मैं बनाऊँगी तथा गीता कह रही थी कि वह रेगूलर स्टूडेन्ट है, उसे पढ़ाई का समय वैसे ही ज्यादा मिलता है। अजय यह प्यार भरी लड़ाई सुनकर खुश हो रहा था तथा सोच रहा था कि ऐसी लड़ाई तो हर घर में

होनी चाहिये। मेरी बहन व पत्नी एक–दूसरे से बहुत प्यार करती हैं। अजय यह सब चुपके–चुपके सुन रहा था।

अजय रसोई में प्रवेश करता है तथा कहता है कि उसने उन दोनों की लड़ाई की सारी बातें सुन ली है तथा उसने निश्चय किया है कि आज का खाना वह बनायेगा।

"क्या!" गीता व रीता के मुँह से अचानक निकला।

"हाँ, आप दोनों रसोई से बाहर जाईये। आज का खाना मैं बनाऊँगा। जरूरत होगी तो माँ की मदद ले लूँगा। माँ एक दिन कह रही थी कि ये दोनों मुझे तो रसोई में जाने नहीं देती। मैं तो खाना बनाना भी भूलती जा रही हूँ।"

तदोपरान्त रीता व गीता पढ़ने चली जाती हैं।

एक दिन गीता की तबियत ठीक नहीं थी, उसे हल्का बुखार था। उसका पढ़ने का मन नहीं था। अगले दिन उसका अर्थशास्त्र का पेपर था। अजय ने उसे क्रोसीन देकर सुला दिया तथा कहा कि वह उसे 3 बजे जगा देगा।

सुबह तीन बजे अजय ने गीता से कहा "उठो गीता... तीन बज गये हैं। आज तुम्हारा पेपर भी है।" गीता हड़बड़ाकर उठती है तो अपने सामने अजय को पाती है जिसके हाथ में चाय का कप था।

गीता रूबासी सी होकर बोली "आप मेरा कितना ध्यान रखते हैं। ससुराल का प्यार पाकर मैं अपने सारे दुःख भूल गयी हूँ।"

"क्यों रोती है, पगली? मैं कोई गैर थोड़े ही हूँ, तेरा पति हूँ। पति–पत्नी एक–दूसरे का ध्यान नहीं रखेंगे तो कौन रखेगा। माँ बूढ़ी हैं। रीता एक दिन अपने घर चली जायेगी। तब हम लोगों को एक–दूसरे का तथा माँ का ध्यान रखना पड़ेगा।"

"दस मिनट खराब कर दिये रोने–धोने में। चाय भी ठण्डी हो गयी। अब गरम करनी पड़ेगी।" अजय ने कहा।

"आप आराम करिये! मैं चाय भी गरम कर लूँगी तथा मन लगाकर पढूंगी भी क्योंकि मेरे प्यारे पति का आदेश है।"

"गीता! गीता!"

"हाँ जी, क्या बात है?"

"गीता आपका बी.ए. का परीक्षाफल निकल गया है तथा आप प्रथम श्रेणी से उत्तीर्ण हो गयी हो।" तदोपरान्त गीता, अजय के गले लग गयी तथा रोते हुये बोली, "सब आपकी मेहरबानी है।"

"ये आपने अपने हाथ में क्या ले रखा है जिसे आप छुपाने का प्रयास कर रहे हैं।"

"गीता, यह यू.पी.पी.एस.सी. की बुक है।"

"आप इस बुक का क्या करोगे... आपने पहले ही घर में बहुत सारी बुक एकत्रित कर रखी हैं।"

"मैडम! ये उत्तरप्रदेश सिविल सर्विस की बुक है। इस बुक को मैं आपके लिये लाया हूँ ताकि आप इस आयोग के तहत एस.डी.एम की परीक्षा आवेदन में आवेदन करके भविष्य में एस.डी.एम. बन सको।"

गीता मजाक उड़ाते हुये अजय से कहती है "आप तो इस तरह कह रहे जैसे इस परीक्षा को पास करना ....। फिर आपने यह परीक्षा क्यों नहीं दी?"

"मैडम गीता, मैं इतना योग्य नहीं हूँ कि इस स्तर की परीक्षा के लिये आवेदन कर सकूँ। मैं ठहरा थ्रू आउट थर्ड क्लास वाला बन्दा। वो अलग बात है कि दीन–दुनिया, समाज तथा राजनीति के बारे में, मेरा ज्ञान ठीक–ठाक है। मेरी धर्मपत्नी थ्रू आऊट फर्स्ट क्लास वाली है। वह एस.डी.एम बनकर मेरे सपनों को साकार करेगी।"

तभी दूसरे कमरे से आवाज आयी तथा रीता ने बताया "दोनों माँ (शान्ती व कान्ती) आप दोनों को बुला रही हैं।"

दोनों उनके पास जाते हैं। तभी अजय की माँ ने कहा "तुम दोनों क्यों बच्चों की तरह लड़ रहे हो?"

गीता ने उन्हें पूरी बात बता दी।

तभी गीता की माँ कान्ती ने कहा "अगर उसे तुम्हारे ऊपर इतना विश्वास है तो उसमें बुराई क्या है?" अजय की माँ ने भी इस बात का सर्मथन किया।

गीता ने झुंझलाते हुये कहा "अगर आप सभी की यही इच्छा है, तो मैं तैयार हूँ। लेकिन आप सभी को इस परीक्षा को हल्के में नहीं लेना

चाहिये। ऐसी परीक्षा पास करने के लिये योग्यता, पैसा, सिफारिश तथा अच्छे भाग्य का होना जरूरी है जोकि हमारे पास नहीं है।''

तभी अजय ने कहा ''कौन कहता है कि तुम्हारे अन्दर योग्यता तथा हिम्मत की कमी है? मेरा ख्याल है कि आपका काम इन दो गुणों से चल जायेगा। रही भाग्य की बात तो भाग्य भी उन्हीं का साथ देता है जो मेहनत तथा हिम्मत करते हैं। परिणाम चाहे जो भी हो, इस परीक्षा को पास करने के लिये योजनाबद्ध तरीके से कार्य करेंगे। मैं इसके लिये कोचिंग की व्यवस्था भी करूँगा।''

''अजय जी, मुझे बहुत डर लग रहा है।''

''इसमें डर की कोई बात नहीं है, गीता। मैं आपके साथ हूँ। कार्य करने से पहले हिम्मत नहीं हारनी चाहिये।''

अजय व गीता अपने कमरे में आ गये तथा गीता अपने आपको रोक नहीं पायी तथा अजय के गले लगकर फफक–फफक कर रोने लेगी। अजय ने काफी मशक्कत के बाद गीता को सामान्य किया।

अजय के सहयोग से गीता ने परीक्षा की तैयारी शुरू कर दी। अजय ने बेहतरीन कोचिंग क्लास में गीता को एडमिशन दिला दिया। अजय ने गीता व परिवार वालों को बता दिया अब गीता कोई कार्य नहीं करेगी तथा 6 से 7 घण्टे से ज्यादा नहीं सोयेगी। बीच–बीच में थोड़ा बहुत मनोरंजन टी.वी. देखकर तथा म्युजिक सुनकर कर सकती है।

अजय ने रीता को बुलाया और कहा ''मैंने ठीक कहा ना रीता।''

''आपने बिल्कुल सही कहा भैया। मैं भाभी को कोई कार्य नहीं करने दूंगी। अबसे भाभी पढ़ेगी तथा सिर्फ पढ़ेगी, सपने भी पढ़ाई के बारे में ही देखेगी।''

गीता की परीक्षा की तैयारी जोर–शोर से चल रही थी। परीक्षा के लिये ऑनलाइन आवेदन कर दिया गया। इसके बाद गीता ने अपने आपको पूरी तरह .... वह छः घण्टे से ज्यादा नहीं सोती थी। फिर वह समय आ गया जब गीता की परीक्षा होनी थी। गीता ने न सिर्फ प्रारम्भिक परीक्षा बल्कि मुख्य परीक्षा भी पास कर ली। तदोपरान्त उसका इन्टरव्यूह भी अच्छा हुआ। अब रिजल्ट का इंतजार हो रहा था।

एक दिन अजय की तबियत ठीक नहीं थी। इसलिये वह अपने ऑफिस भी नहीं गया था तथा अवकाश पर था।

गीता, अजय से कह रही थी "अजय जी! अगर मेर सेलेक्शन नहीं हुआ तो आपको बहुत बुरा लगेगा।"

"अरे गीता, पहले से क्यों घबराती है। इसमें पास/फेल होते रहते हैं। गीता! आपने बहुत मेहनत की है। आपका चेहरा भी पीला पड़ गया है। बाकि सब भगवान के ऊपर छोड़ दीजिये। वो जो भी करेंगे, अच्छा ही करेंगे।"

तभी दरवाजा नॉक करने की आवाज आयी। गीता ने दरवाजा खोला। तभी अजय भी आ गया। वो लोग देखते हैं कि सामने पोस्टमैन आया है।

पोस्टमैन कहता है "आपकी आयोग से रजिस्ट्री आयी है। हो सकता है कि कोई शुभ समाचार हो।" अजय गीता से लिफाफा खोलने के लिये कहता है तो गीता मना कर देती है। अजय लिफाफा खोलता है तो खुशी से उसके आँसू निकल जाते हैं तथा वह चिल्लाकर कहता है "गीता आपका सेलेक्शन एस.डी.एम पद पर हो गया है।" अजय गीता को गोदी में उठाकर नाचता है तथा जोर से कहता है "मेरी गीता एस.डी.एम बन गयी है।" थोड़ी देर के लिये वो पारिवारिक संस्कार भी भूल जाता है। जिन्दगी में कभी–कभी ऐसे क्षण भी आते हैं जब मनुष्य .... ।

तभी दोनों की माँ व रीता भी आंगन में आ जाती हैं तथा यह सुखद समाचार सुनकर बेहद खुश हो जाती हैं।

तभी गीता सभी को बताती है कि उसे अगले महीने की 10 तारीख को अकेदमी ट्रेनिंग के लिये जाना है।

गीता पी.सी.एस अकेदमी, उत्तरप्रदेश सरकार, लखनऊ ट्रेनिंग के लिये चली जाती है तथा अपनी ट्रेनिंग में इतना खो जाती है कि उसे अन्य बातों का ध्यान नहीं रहता है। अकेदमी में ट्रेनिंग के दौरान अधिकारियों का काफी व्यस्त कार्यक्रम रहता है। साथ ही उन्हें अनुशासन का पालन भी करना पड़ता है। यह जरूरी भी है क्योंकि ट्रेनिंग के बाद उन्हें बड़ी जिम्मेदारी सँभालनी पड़ती है। उसे परिवार से बात करने का बहुत कम समय मिलता था लेकिन जब भी मौका मिलता, वैसे ही वह परिवार से बात करती रहती थी। अजय के घर पर रीता की शादी की बात चलने लगी थी। एक दिन रीता ने हिम्मत करके डरते–डरते अपने बड़े भाई से कहा "एक लड़का सतपाल, जो कि एक अच्छे घर का है,

उसे पसन्द करता है। अगर आप उचित समझें तो सतपाल के माता–पिता से बात कर सकते हैं।''

''अरे भाई वाह! मेरी बहन तो बड़ी छुपी रुस्तम निकली!''

''भईया! सतपाल ने कहा था कि अगर वह शादी करेगा तो .... अन्यथा नहीं करेगा।''

''मेरी बहन है ही इतनी सुन्दर तथा सुशील कि जिस घर में जायेगी वहाँ पर प्रकाश कर देगी।''

अजय ने रीता के रिश्ते के बारे में सतपाल के माता–पिता से बात की तो उनका व्यवहार उतना अच्छा नहीं लगा। वे इस रिश्ते को पसन्द भी नहीं करते थे। लेकिन सतपाल के दबाव के कारण उन्हें यह रिश्ता करना पड़ा। रीता की शादी सामान्य तरीके से सम्पन्न हो चुकी थी। सतपाल का परिवार इस शादी से खुश नहीं था। यह रीता ने अपने ससुराल जाकर महसूस किया।

गीता की अकेदमी की तथा बाद की ट्रेनिंग पूरी हो चुकी थी। इसी कारण वह रीता की शादी में शामिल नहीं हो पायी थी। इसके लिये वह बहुत दुःखी थी।

अब उसकी नियुक्ति एस.डी.एम, आगरा के रूप में हो चुकी थी तथा उसने अपनी ड्यूटी ज्वॉइन भी कर ली थी। थोड़े समय बाद गीता को शासकीय निवास मिल जाता है तथा पूरा परिवार यानि गीता की माँ कान्ती, तथा सास शान्ती शासकीय आवास में आ चुके थे। इस समय पूरा परिवार बहुत खुश था। सौभाग्य से उसके आवेदन पर अजय की पोस्टिंग दूसरी तहसील से आगरा हो जाती है तथा वह भी अब आगरा में गीता के शासकीय निवास पर रहने लगा। अजय की माँ तथा गीता की माँ पहले से ही साथ थे। रीता अपने सुसराल में थी। रीता कई बार भाई के पास आकर रहने लगती थी क्योंकि उसके ससुराल वाले लोभी प्रवृत्ति के थे। जब से गीता एस.डी.एम बनकर आयी थी, तबसे उनकी दहेज की माँग बढ़ चुकी थी।

एक दिन अजय ड्यूटी से घर आया तथा आकर बड़बड़ाने लगा ''जब से एस.डी.एम बनी है, तब से अपने आपको क्या समझती है? मैंने इसके लिये क्या नहीं किया? मैंने अपनी बहन का हक छीनकर उसे रेगूलर पढ़ाया। एस.डी.एम बनाने में एक पागलपन की सीमा तक उसका साथ दिया। मेरी गीता जब एस.डी.एम बन जायेगी तो मेरा सम्मान भी बढ़

जायेगा। अब तो ऑफिस में उसे मुझे अपना पति कहने पर भी शर्म आती है।''

''नहीं भैया, भाभी ऐसी नहीं है।'' रीता ने कहा।

''रीता क्यों जानबूझकर अनजान बनती हो? क्या तुम अपनी भाभी के व्यवहार से अनजान हो?''

रीता चुप हो जाती है। धीरे–धीरे गीता के ऊपर उच्च समाज का नशा चढ़ने लगता है। अब वह शराब पीने लगी तथा क्लब जाने लगी थी। अब वह देर रात घर आती थी। अब वह अजय को भी पास नहीं आने देती थी। दरअसल एस.डी.एम बनने पर उसे अजय छोटा आदमी लगने लगा था। अजय को पति मानने में वह अपनी तौहीन समझती थी क्योंकि अब अजय उसके स्तर का नहीं बल्कि क्लर्क था।

एक दिन गीता देर रात घर पर पहुँची। इस समय वह शराब के नशे में थी।

तभी अजय बोला ''गीता आपने हद कर दी। आपने सारी मान–मर्यादा तोड़ दी। क्या मैंने आपको एस.डी.एम यह दिन देखने के लिये बनाया था?''

''तुम कौन होते हो मुझसे यह कहने वाले? मेरे घर पर रहते हो तथा मुझे डाँटते हो। यह जानते हुये भी कि मैं................। अजय मैं चाहूँ तो ....।''

अजय से बर्दाश्त नहीं हुआ तथा उसने एक जोरदार तमाचा गीता के गाल पर रख दिया। ''मैंने आपको यह सब ....। आप शायद वो दिन भूल गयी जब आपके पास 12वीं का फार्म भरने के लिये पैसे नहीं थे। छोटे आदमी को जब उसकी औकात से ज्यादा तथा समय से पहले मिल जाता है तो वह अपनी औकात भूल जाता है।''

''फालतू बात नहीं मिस्टर अजय! अपनी हद तथा औकात में रहिये। रही फार्म के पैसों की बात तो वह मैं ब्याज सहित लौटा दूँगी।''

''तू क्या लौटायेगी बदतमीज औरत? हम सभी तेरे इस आवास को छोड़कर जा रहे हैं।''

''दोनों माताजी तथा रीता को आपसी झगड़े में मत लाओ, तुम्हें किसी ने रोका नहीं है।''

तभी अजय दोनों माताऐं तथा रीता, गीता का शासकीय आवास छोड़कर जाने लगे। तब तक गीता का नशा कुछ कम हो चुका था। वह

तीनों का रास्ता रोककर खड़ी हो गयी तथा बोली "मैंने आप लोगों के लिये कुछ नहीं कहा। यह हमारा झगड़ा है, हम इसे सुलझा लेंगे।"

तभी गीता की माँ ने जवाब दिया, "तूने अपने देवता स्वरूप पति के एहसानों को भुला दिया जिनके कारण तुम एस.डी.एम बनी फिरती हो, जिसने तेरे लिये क्या–क्या नहीं किया। हमारे लिये तुम मर चुकी हो तथा तुम्हारे लिये हम मर चुके। अब से हम सबका तुमसे कोई सम्बन्ध नहीं है। अब तुम इस आवास में कभी भी आना तथा यहाँ से कभी भी जाना, तुमसे पूछने वाला कोई नहीं होगा। खूब शराब पीकर अकेली इस आवास में नाचना।"

अजय ने अपने परिवार के साथ, गीता का शासकीय आवास छोड़ दिया। गीता को अब अपनी गलती का एहसास हो रहा था तथा पीछे की सभी बातें उसके दिमाग में एक रील की तरह घूम रही थी। लेकिन उसका अहम (घमण्ड) कुछ भी समझने नहीं दे रहा था। बाद में रीता अपने ससुराल में चली जाती है।

रीता के सास–सुसर उससे हमेशा दहेज की मांग करते रहते थे। एक दिन उन्होंने रीता को मिट्टी का तेल डालकर जलाने की कोशिश की लेकिन उसी समय रीता का पति सतपाल मलिक आ गया और उसने कम्बल डालकर आग को बुझा दिया तथा रीता को बचा लिया।

सतपाल मलिक रीता को लेकर अजय के घर पहुँचता है तथा सारी बातें अजय को बता देता है। सतपाल ने अजय को यह भी बताया कि उसके पापा के एस.पी सीटी मिस्टर अनिल भार्गव से बेहद अच्छे सम्बन्ध हैं। रीता ने अजय व सतपाल के साथ इसकी पुलिस में एफ.आई. आर करानी चाही तो पुलिस ने एफ.आई.आर दर्ज नहीं की तथा उन्हें पुलिस स्टेशन से भगा दिया और कहा "ये तुम्हारा घर का मामला है। इसे घर पर ही सुलझाओ।" रीता को सरकारी अस्पताल में भर्ती करा दिया गया। सतपाल को अस्पताल में छोड़कर अजय एस.डी.एम गीता पचहरा के दफ्तर पहुँचता है तथा वहाँ पर अपनी बहन के साथ हुये अत्याचार के खिलाफ, रीता की एफ.आई.आर पुलिस द्वारा दर्ज न करने की शिकायत पर आवेदन करता है। तभी एस.डी.एम साहिबा के अर्दली ने बताया कि एस.डी.एम साहिबा दौरे पर कहीं जा रही हैं।

तभी एस.डी.एम साहिबा तेजी से ऑफिस से निकली तथा उन्होंने अजय को दयनीय स्थिति में ऑफिस के बाहर देखा तथा वह उसे नजरन्दाज करके अपनी गाड़ी की तरफ बढ़ गयी। रास्ते में जाते समय

गीता का मन अशान्त था। उसे चैन नहीं आ रहा था। ऐसा लग रहा था कि अजय किसी मुसीबत में है।

अजय ने एस.डी.एम. साहिबा से एक पति नहीं बल्कि एक साधारण व्यक्ति के रूप में मदद मांगी थी जिस पर उन्होंने ध्यान नहीं दिया। उसके दिमाग ने उसे झकझोर दिया तथा उसने ड्राईवर को गाड़ी वापस कार्यालय ले जाने का आदेश दिया।

दफ्तर पहुँचने पर पता चला कि अजय बेहोश हो गया है तथा उन्होंने अर्दली को कहा "इनके मुँह पर पानी के झीटें मारो तथा पानी पिलाओ। होश आने पर अन्दर भेज दो।" कुछ समय बाद अजय को होश आ जाता है तथा वह दफ्तर के अन्दर जाता है।

"बताईये अजय जी, आपकी क्या समस्या है?"

अजय ने पूरा हाल उन्हें बता दिया तथा उनके मुख से निकला "आपके साथ इतना सब कुछ हुआ तथा आपने बताया तक नहीं।"

तभी अजय ने कहा "आपके पास मेरी बात सुनने के लिये समय ही कहाँ था।"

"सॉरी!" एस.डी.एम. गीता ने कहा।

तभी गीता ने बेल बजायी तथा अर्दली के आने पर कहा कि इन्हें विजिटिंग रूम में ले जाईये, तब तक मैं इनके केस के सम्बन्ध में बात करती हूँ। उसके बाद अजय विजिटिंग रूम में चला जाता है।

तभी गीता ने डी.एस.पी. दीपक शर्मा, थाना प्रभारी दिनेश गुप्ता, को अपने दफ्तर बुलाया तथा उनसे अजय की रिर्पोट दर्ज करने के लिये कहा।

थाना प्रभारी दिनेश गुप्ता ने कहा "इस केस पर एस.पी. सीटी मिस्टर भार्गव के कारण समुचित कार्यवाही नहीं हो पायी है। दूसरी पार्टी के लोग उनके नजदीकी हैं।"

"यह मेरे क्षेत्र का मामला है। इस सम्बन्ध में आपको तुरन्त रिर्पोट दर्ज करने का आदेश दिया जाता है। मुझे यह रिर्पोट भी चाहिये कि उनका केस क्यों दर्ज नहीं किया गया? इस सम्बन्ध में, मैं एस.पी. सीटी मिस्टर भार्गव से बात करती हूँ।"

गीता, भार्गव को फोन करती है।

उधर से टोन्ट कसते हुये आवाज आयी ''फरमाईये एस.डी.एम. साहिबा, हम आपकी क्या मदद कर सकते हैं?

गीता ने रीता वाला पूरा केस उन्हें बता दिया।

''ऐसा है मैडम, रीता के ससुराल वाले हमारे घनिष्ठ हैं।''

''अगर मैं कहूँ कि रीता व अजय भी मेरे घनिष्ठ हैं।''

''वो तो है ही, हमें सब मालूम है कि आपकी अपने परिवार से नहीं पटती। इसलिये हमने इस केस पर हाथ डाला।''

''अब अपना हाथ हटा लीजिए एस.पी. साहब।''

''अब तो यह हाथ हटेगा नहीं, आखिर हमारी भी कोई इज्जत है।''

''अगर आपने इस केस में अपना हस्तक्षेप बन्द नहीं किया तो मुझे इस सम्बन्ध में डी.एम. साहब व एस.एस.पी. साहब से बात करनी पड़ेगी।''

गीता ने अजय को बुलाकर कहा ''अजय जी! आप अपनी रिर्पोट दर्ज कराईये। अब आपके साथ कोई अन्याय नहीं होगा।''

रात्रि में गीता क्लब जाती है तो वहाँ पर अधिकारियों में आपस में खुसर–पुसर हो रही थी कि एस.डी.एम. साहिबा व एस.पी. सीटी के बीच कुछ चक्कर चल रहा है। तभी गीता यह खुसर–पुसर सुन लेती है तथा उन्होंने पूछा ''आप लोग मेरे बारे में अभी क्या बात कर रहे थे?''

''वही बात कर रहे थे जो सभी लोग कहते हैं।''

''सभी लोग क्या कहते हैं?''

''वहीं गीता मैडम व एस.पी. भार्गव के बीच में कुछ ....। लोग तो यह भी कहते हैं कि क्लर्क अजय तेवतिया आपका पति है। आपकी अपने पति व परिवार से नहीं बनती। सुना तो यहाँ तक गया है कि अजय का आपको एस.डी.एम. बनाने में बड़ा हाथ है वर्ना पहले आपकी क्या स्थिति थी, यह बताने की आवश्यकता नहीं है!''

अब गीता के ऊपर से उच्च सोसाइटी का नशा उतर चुका था तथा उसे अपने परिवार की बहुत याद आ रही थी। इस घटना के अगले

दिन शाम को ऑफिस के बाद गीता एक आदर्श बहू के रूप में, साधारण कपड़ों में, टैक्सी से अपने पति के घर पहुँचती है।

गीता ने बेल का बटन दबाया तो दरवाजा अजय ने खोला तथा कहा "आपको मेरे घर पर आने की क्या जरूरत थी, एस.डी.एम. महोदया... मुझे कार्यालय बुलवा लिया होता।"

गीता रूकी नहीं, सीधी अपनी सास के पास पहुँची तथा उनके चरणों में बैठ गयी।

तभी अजय ने व्यंग कसते हुये कहा, "इतनी बड़ी अफसर आपके घर आयी है, कुछ चाय–पानी की व्यवस्था करो।"

"माता जी! मुझे क्षमा कर दीजिये। मेरे ऊपर, जो खोखली उच्च सोसायटी का भूत था, अब वह उतर चुका है। मैं कुछ समय के लिये रास्ता भटक गयी थी। अब अपने घर वापस आ गयी हूँ। मैंने एक नहीं दो–दो माताओं का, पति का तथा अपनी प्रिय ननद रीता का बहुत दिल दुखाया है। इसके लिये मैं आपसे क्षमा माँगती हूँ। मैं आपके पैर तब तक नहीं छोड़ूँगी जब तक आप मुझे माफ नहीं कर देती।"

तभी अजय की माँ ने कहा "हम तुमसे नाराज नहीं थे नाराज तो तुम थी। इसीलिये तुमने रात्रि में हमें घर से निकाल दिया, यह भी नहीं सोचा किहम लोग रात्रि में कहाँ जायेंगे।"

परिवार के सभी सदस्यों ने गीता को क्षमा कर दिया। अगले रोज पूरा परिवार गीता के शासकीय आवास पर आकर रहने लगता है। सभी लोग खुश थे। रीता के सास–ससुर के खिलाफ एफ.आई.आर दर्ज हो चुकी थी तथा उस दिन अजय भी घर पर था।

तभी सतपाल दौड़ता–दौड़ता आया तथा घर के अन्दर आकर बोला "अजय भईया! अस्पताल वालों ने रीता को डिस्चार्ज कर दिया ताकि रीता बिना बयान दिये मर जाये तथा उनके ऊपर कोई केस ना बने। अस्पताल वाले कह रहे थे कि उन्होंने यह सब दबाव नें किया है। गीता सब कुछ सुन लेती है। वह खड़ी हो जाती है तथा कहती है, "इतना अन्याय मेरे परिवार के साथ... फिर मेरा एस.डी.एम. होना ही बेकार है।"

गीता तुरन्त अजय व सतपाल के साथ अस्पताल पहुँचती है। अपने पद का इस्तेमाल करते हुये रीता को पुनः अस्पताल में भर्ती कर देती है। घर आकर वह अपने कैम्प कार्यालय को खोलती है तथा पूरा समाचार इस विषय में डी.एम. साहब को देती है।

फोन पर ही डी.एम. साहब ने कहा "मैडम! लिखित में पूरी रिर्पोट कल कार्यालय भिजवा दीजिये, फिर उसके ऊपर उचित कार्यवाही करेंगे।" अगले दिन गीता पूरी रिर्पोट डी.एम. ऑफिस भेजती है। रिर्पोट पढ़कर डी. एम. साहब समझ गये कि क्या सच्चाई है।

उसी दिन डी.एम. साहब ने आदेश जारी कर दिया कि अगले दिन के 11 बजे ऑफिस में, एस.एस.पी. वर्मा, एस.पी. सीटी मिस्टर भार्गव, एस. डी.एम. गीता पचहरा, उप–अधीक्षक दीपक शर्मा, थाना प्रभारी दिनेश गुप्ता तथा मुख्य चिकित्सा अधिकारी उपस्थित होंगे।

अगले रोज़ सभी सम्बन्धित अधिकारी डी.एम. साहब के कार्यालय पहुँचते हैं तथा मीटिंग की कार्यवाही शुरू हो जाती है। डी.एम. साहब ने कहा "गीता मैडम! मैंने आपकी रिर्पोट पढ़ी तथा मेरी यह समझ में आया कि आपने बड़ी सटीक रिर्पोट भेजी है। इसमें कहीं नहीं लगता इसमें आपका परिवार पीड़ित है। आपने अपने पदभार को ध्यान में रखते हुये रिर्पोट दी है जिससे मैं बहुत प्रभावित हूँ।"

"सर! अगर आप उचित समझे तो अन्य अधिकारी से इस जांच को करा लें।"

"इसकी जरूरत नहीं है। मेरी जिन्दगी निकल गयी रिर्पोट पढ़ते–पढ़ते तथा समझते–समझते। मैं आपकी रिर्पोट से पूरी तरह संतुष्ट हूँ तथा मामले को पूरी तरह समझ चुका है। डी.एम. साहब ने एस.एस.पी. वर्मा से पूछा "वर्मा साहब! इस विषय पर आपके क्या विचार हैं?"

"सर! मुझे मिस्टर भार्गव द्वारा पूरे तथ्य नहीं बताये गएं, इसमें मिस्टर भार्गव दोषी हैं।"

इसके बाद उप अधीक्षक, थाना प्रभारी तथा मुख्य चिकित्सा अधिकारी से इस विषय में पूछा गया तो सभी ने यह बात स्वीकार की कि इस केस में भार्गव साहब का अनुचित दखल था। जब भार्गव साहब से पूछा गया तो उनके पास कोई जवाब नहीं था।

डी.एम. साहब ने इस केस से जुड़े सभी अधिकारियों के खिलाफ जाँच के आदेश दे दिये।

"वर्मा साहब! रीता के सास–ससुर को तुरन्त गिरफ्तार किया जाना चाहिये।"

"यस सर!" एस.एस.पी. साहब ने कहा।

तदोपरान्त रीता के सास–ससुर की गिरफ्तारी हो जाती है।

कुछ दिन में रीता ठीक हो जाती है। इस समय रीता व उसका पति सतपाल मलिक गीता के घर पर ही रहते थे।

एक दिन पूरा परिवार हॉल में बैठा था। तभी सतपाल मलिक गीता से कहा है "कुछ दिन में हम लोग अपने आवास का इंतजाम कर लेंगे।"

तभी गीता बोली "कैसी बात करते हो भैया! यह भी तो आपका ही घर है। कभी जीवन में ऐसी छोटी बात मत कहना।" गीता के आवास की तथा कार्यालय की पुरानी प्लेट हट चुकी थी तथा नई नेम प्लेट 'गीता पचहरा तेवतिया' लग चुकी थी।

अगले रोज सतपाल मलिक अपने माता–पिता तथा रीता अपने सास–ससुर से मिलने जेल पहुँचे। माता–पिता की हालत देखकर उन्हें बहुत दुःख व कष्ट हुआ तथा उन्हें रोना आ गया। वे लोग अपने को दिये कष्टों को भूलकर माता पिता/सास ससुर के कष्टों में खो गये। वे दोनों बड़ी दयनीय स्थिति में थे। तभी रीता के ससुर धर्मपाल मलिक बोले "बेटी रीता! हम लोग इस लायक भी नहीं हैं कि तुम दोनों से क्षमा मांग सकें।"

यह कहकर दोनों फफक–फफक कर रोने लगे। "अगर तुम दोनों हमें माफ कर दोगे तो हम आराम से मर सकेंगे। हम कभी नहीं कहेंगे कि हमें बचा लो क्योंकि हमारा अपराध ही ऐसा है। हमने अपनी लक्ष्मी स्वरूपा बहू को ....।"

सतपाल व रीता से उनकी स्थिति देखी नहीं गई। दोनों मुलाकात बीच में छोड़कर रोते–रोते बाहर आ गये।

सतपाल मलिक व रीता दोनों किराये के मकान में रहते थे। सतपाल होटल मैनेजमेन्ट में बैचलर डिग्री रखता था, अतः उसे सुगमतपूर्वक फाइव स्टार होटल में ठीक–ठाक नौकरी मिल गयी। दोनों ने डरते हुये माता–पिता को जले से छुड़ाने का प्लान बनाया तथा दोनों इस विषय में बात करने के लिये अजय व गीता के पास पहुँचे। चाय–पानी पीने के बाद दोनों ने सकुचाते हुये कहा "अगर आप दोनों बुरा ना माने तो हम कोई निवेदन कर सकते हैं।"

गीता ने कहा, "आप इस तरह से क्यों बात कर रहे हैं? यह आपका घर है, आप निःसंकोच बोलिये कि आप क्या कहना चाहते हैं?"

तभी सतपाल ने पूछा "मम्मी–पापा की जमानत हो जायेगी अथवा वो किसी तरह से जेल से बाहर आ जायेंगे? जब हम लोग उनसे मिलने गये तो दोनों बहुत ही दयनीय स्थिति में थे।"

"होने को तो सब कुछ हो सकता है लेकिन................।"

सतपाल व रीता दोनों गीता के चरणों में झुककर कहते हैं "दीदी, किसी तरह मम्मी–पापा को बचा लो... वे दोनों कितने भी बुरे सही, लेकिन हैं तो हमारे माता–पिता।"

"ओ.के. आप दोनों केस वापसी के लिये थाने में आवेदन दो। इसके बाद देखते हैं कि क्या किया जा सकता है।"

तब तक सतपाल रीता के आवेदन टिप्पणी के लिये एस.डी.एम ऑफिस पहुँच चुके थे।

गीता डी.एम. कार्यालय पहुँचती है तथा इजाजत लेकर कार्यालय में प्रवेश करती है। तभी डी.एम. साहब कहते हैं "आइये मैडम! मैं आपको बुलाने ही वाला था परन्तु आप ही आ गयीं। मेरे कुछ कहने से पहले आप बताइये कि आप...........।"

"सर मेरी ननद व जीजा दोनों ने केस वापस लेने के बारे में आवेदन किया है।"

"इसकी सलाह भी आपने ही उन्हें दी होगी।"

"नहीं सर, कल दोनों अपने माता–पिता से जेल में मिलकर आये थे तथा उनकी हालत देखकर मेरे पास आये तथा उन्होंने रोते–रोते कहा कि मैं समस्या का कुछ समाधान करूँ। तब मैंने उन्हें केस वापस लेने की सलाह दी। लेकिन मैं फिर भी इस विषय में आपको बताना चाहती थी। एस.डी.एम होने के साथ–साथ.....। बाद में आपको मालूम हो तो आप सोचेंगे कि मैंने आपको इस विषय में बताया तक नहीं।"

"मेरी राय यह है मैडम कि आप अपनी बुद्धि व विवेक से इस विषय में फैसला करें।"

"यस सर!" गीता ने कहा।

तदोपरान्त डी.एम. साहब ने कहा "गीता मैडम! अब हम दूसरे अहम मुद्दे पर आते हैं। विभागीय जाँच की रिर्पोट आ गयी है। इसमें

एस.पी. भार्गव, उप–अधीक्षक, थाना प्रभारी तथा मुख्य चिकित्सा अधिकारी दोषी पाये गये हैं। मैडम, आपने अपना केस तो सुलझा लिया, अब इस केस का निपटारा करने में मैं आपसे सलाह करना चाह रहा था कि इस विभागीय जाँच पर क्या समुचित कार्यवाही की जाये?''

''सर! मैं अपनी राय उस पर रखने से पूर्व कहना चाहती हूँ कि हमारा कर्तव्य है आम आदमी की सेवा करना। लोग हमारे पास बड़ी उम्मीद से आते हैं। जब कोई आम आदमी किसी सरकारी कार्यालय में जाता है, चाहे वह प्रशासन का कार्यालय हो या पुलिस स्टेशन या पुलिस अधिकारी का कार्यालय अथवा अस्पताल हो, वह हम सबसे बड़ी अपेक्षा रखता है तथा इन जगहों पर उनके साथ अच्छा व्यवहार नहीं होता बल्कि कई बार उन्हें दुत्कार कर भगा दिया जाता है। सर! मेरे परिवार के लिये मैं एम.डी.एम. गीता थी लेकिन सब इतने खुशनसीब नहीं होते। रही विभागीय जाँच में पाये जाने वाले दोषी अधिकारियों की तो इस विषय में आप व एस.एस.पी साहब अपने हिसाब से आदेश निर्णय ले सकते हैं। मेरे निजी विचारों के अनुसार व्यक्ति को सुधरने का एक मौका मिलना चाहिये।'' तभी सब अधिकारियों ने एस.डी.एम गीता पचहरा तेवतिया की बात का समर्थन किया।

डी.एम साहब ने एस.डी.एम गीता की सूझबूझ की प्रशंसा की तथा उनकी कर्तव्यपरायणता, ईमानदारी तथा आत्मीयता की भूरि–भूरि प्रशंसा की कि गीता मैडम ने एक उलझे केस का इतना अच्छा हल निकाला।

कुछ दिन बाद सतपाल मलिक के माता–पिता जेल से रिहा हो जाते हैं तथा कुछ दिन अस्पताल में रहने के बाद वापस अपने घर आ जाते हैं। फिर उन्होंने सारी सम्पत्ति सतपाल व रीता के नाम कर दी। बहू व बेटे को लेने उनके किराये के मकान पर गये तथा सम्पत्ति के पेपर उन्हें दे दिये।

''अगर तुम दोनों इससे सहमत ना हो तो हम दोनों हरिद्वार चले जायेंगे, वहाँ पर हमारा मकान है। वहीं पर भगवान की अराधना करेंगे। वैसे भी हम लोग में इतनी हिम्मत नहीं कि आप दोनों का सामना कर सकें।''

तभी रीता व सतपाल माता–पिता के चरणों में झुक जाते हैं तथा कहते हैं ''आप ऐसा क्यों सोचते हो, आप कोई गैर नहीं हो... हमारे माता पिता हो। परन्तु हम दोनों कोई निर्णय अजय भईया तथा गीता दीदी से पूछे बिना नहीं कर सकते।''

इसके बाद सतपाल, रीता व उनके माता पिता एम.डी.एम. गीता के आवास पर पहुँचते हैं तथा सारी बातें उन्हें बताते हैं।

तभी गीता व अजय कहते हैं "यह तो बहुत खुशी की बात है। परन्तु ये लोग सर्वेंट क्वार्टर में क्यों रहेंगे, ये तो बंगले में ही रहेंगे।"

"ठीक है, बेटा। आप लोग जीते तथा हम लोग हारे। आप लोग जैसा कहोगे, वैसा ही होगा। कल रविवार है, अवकाश का दिन है। आप लोग बंगले पर आ जाना... मैंने कुछ योजना बनाई है, उसे आप लोगों से शेयर करना है।"

अगले रोज सभी बंगले पर मिलते हैं।

अजय पूछता है "अंकल! आपने कुछ प्लान बताने के लिये बुलाया था।"

"मेरी योजना है कि अजय व सतपाल दोनों मिलकर एक थ्री स्टार होटल खोलेंगे। होटल का नाम होगा 'टी.पी.एम होटल'। अजय अपने पद से इस्तीफा देगा। इस कारण से गीता बीटिया को कई बार समस्या का सामना करना पड़ता है।"

तभी गीता ने कहा "हम लोगों के पास इतने पैसे कहाँ है कि हम .... ।"

"रास्ता निकालने से निकल जाता है। आवश्यकता सिर्फ योजना बनाने की है तथा अभी तो मैं बैठा हूँ। मैंने सबके कार्य का निर्धारण कर दिया है। अजय प्रशासन व एकाउन्ट का काम देखेगा। सतपाल की जिम्मेदारी ऑपरेशन की होगी।"

तभी गीता पूछती है कि आपने रीता के लिये कुछ नहीं रखा?

"रीता इस होटल की एम.डी. होगी तथा दोनों जी.एम. अजय व सतपाल उसे रिर्पोट करेंगे।"

"ये क्या पापा जी... मुझे तो कुछ आता नहीं!"

"तो रीता बेटी तुम्हें कुछ करने की जरूरत नहीं है। काम तो ये दोनों करेंगे, तुम्हें तो सिर्फ हस्ताक्षर करना है। रीता बेटी का बलिदान बहुत बड़ा है। इसीलिये उसे सबसे ऊँचा पद दिया गया है।"

तदोपरान्त सभी उनसे आशीर्वाद लेते हैं। तभी धर्मपाल मलिक उनसे कहते हैं "सॉरी! मैं तो पहले ही सारी सम्पत्ति सतपाल व रीता के नाम कर चुका हूँ।"

तभी सतपाल व रीता ने जवाब दिया "पापा सब कुछ आपका था, आपका ही रहेगा। एम.डी. की कुर्सी पर आप बैठेंगे। रीता एडमिनिसट्रेशन तथा अजय एकाउन्ट का काम देखेगा। ऐसा हम लोगों ने प्लान बनाया है।"

तभी अजय कहता है "देखा गीता, आपकी **'वापसी'** से हमारे दोनों परिवारों की खुशियाँ वापस लौट आयी हैं। अब कभी हमें छोड़कर मत जाना।"

"अजय, आप भी ऐसे खुशी के मौके पर कैसी बात करते हो। बड़ी मुश्किल से मुझे वापस मेरा परिवार मिला है। मैंने अब परिवार की अहमियत समझ ली है। अब मैं इस स्वर्ग जैसे घर को छोड़कर कहाँ जा सकती हूँ।"

गीता ने अपनी माँ का घर, अजय ने अपना घर बेच दिया। अजय ने अपनी सर्विस से त्यागपत्र दे दिया। गीता की गारन्टी व रसूक के कारण अजय को बैंक से लोन मिल गया। सतपाल व रीता के पास पैसे की कमी थी नहीं। हालांकि सतपाल व रीता ने लोन लेने के लिये मना किया था। लेकिन अजय व गीता नहीं माने। इस तरह छः माह के अन्दर 'टी.पी.एम होटल' (तेवतिया पचहरा मलिक) थ्री स्टार बनकर तैयार हो गया।

होटल के उद्घाटन का कार्यक्रम रखा गया जिसमें डी.एम., एस. एस.पी., एस.पी. सीटी के साथ–साथ शहर के बिजनेसमैन को आमंत्रित किया गया। टी.पी.एम होटल दुल्हन की तरह सजा हुआ था। सभी ने होटल मैनेजमेन्ट को बधाई दी। डी.एम. साहब ने विशेषकर गीता को बधाई दी तथा कहा "गीता मैडम! यह सब आपके कारण ही सम्भव हो पाया है।"

"ऐसा नहीं है सर, परिवार में जो भी होता है, उसमें सभी का कुछ न कुछ सहयोग होता है।" अजय, गीता, सतपाल, रीता ने डी.एम. साहब के चरण स्पर्श करके आशीर्वाद लिया। तभी डी.एम. साहब ने कहा "पहले परिवार के बड़ों का आशीर्वाद लेना चाहिये।"

"वो तो सर, हम उनका आशीर्वाद आज भी लेंगे तथा उनका आशीर्वाद तो हमें मिलता ही रहता है। आप भी बड़े हैं, हमारे लिये आपका आशीर्वाद भी उतना ही महत्वपूर्ण है।" तभी एस.पी.सी मिस्टर भार्गव, गीता के पास आये तथा उन्हें बधाई दी तथा कहा "गीता मैडम! आप बहुत भाग्यशाली हैं जो आपको अजय जी जैसा पति मिला है। भगवान आप लोगों की जोड़ी बनाये रखे।"

"आप सही कहते हैं, भार्गव सर!"

तदोपरान्त सभी मेहमान उन्हें नये होटल की मुबारकबाद देकर अपने–अपने घर चले जाते हैं।

सेवक

पूणे मेडीकल कॉलेज का प्रांगण खचाखच भरा था। भारत के स्वास्थ मंत्री डॉ0 धर्मसिंह यहाँ पर मुख्य अतिथि के रूप में उपस्थित थे। वे मेडीकल कॉलेज द्वारा आयोजित ट्रेनीज़ डाक्टरों के विदाई समापन समारोह को सम्बोधित कर रहे थे। उन्हीं के शब्दों में :–

"हमारे देश भारत वर्ष में डाक्टरों की बहुत कमी है। जो छात्र डॉक्टर बन जाते हैं, वह यह भूल जाते हैं कि हमारे देश की 70 प्रतिशत जनसंख्या गांवों में रहती है। देश को आगे बढ़ाने के लिये प्रत्येक डॉक्टर का परम कर्तव्य है कि वह गांव की जनता की सेवा करें। लेकिन ऐसा नहीं है, हमारे देश के डॉक्टर शहर और विदेश की तरफ भागते हैं। हमें पहले गांवों की तरफ ज्यादा ध्यान देना है। मैं उन सभी छात्रों से, जो अभी डॉक्टरी पास करके अपना फर्ज पूरा करने शहरों व गांवों में जायेंगे, आशा करता हूँ कि जिस डॉक्टर की जहाँ नियुक्ति होगी, वह अपने कर्तव्य में नीरसता नहीं दिखायेंगे।"

"मम्मी, मम्मी, आपकी आंखों से आँसू! आप रो रही हैं। देखो, देखो सब लोग चले गये हैं।"

"अरूण, बेटे! यह खुशी के आँसू हैं। आज मेरा सपना पूरा हो गया। मेरी तुझे डॉक्टर बनाने की बड़ी इच्छा थी।"

"मम्मी सब रामू काका की कृपा से हुआ है।"

"हाँ, अरूण बेटे! यह सब उनकी कृपा से हुआ है, वह आदमी नहीं, देवता हैं। उन्होंने ही तुम्हें डॉक्टर बनाया है। हमारे ऊपर उनके बहुत एहसान हैं।"

"मम्मी, आजकल रामू काका कहाँ हैं?"

"अरूण बेटे! आजकल रामू काका दिल्ली में हैं।"

"मम्मी! सौभाग्य से मेरी पोस्टिंग भी दिल्ली हुई है। मम्मी पहले तो रामू काका दिल्ली में नहीं रहते थे।"

''हाँ अरूण बेटे, पहले रामू काका कानपुर में रहते थे, उनके मालिक ने वहाँ से कारोबार बन्द कर दिया और आजकल दिल्ली में उनके दो कारखाने चल रहे हैं। बेटे! हम आज ही यहाँ से दिल्ली के लिये रवाना हो जायेंगे।''

''जी हाँ, मम्मी आप ठीक कहती हैं।''

''मालकिन, मालकिन!''

''हाँ, हाँ, रामू काका आ जाओ, मैं घर में ही हूँ।''

''अच्छा मालकिन, आया।''

''पूणे से कब आयीं आप?''

''आज ही रात आयी हूँ रामू काका।''

''छोटे मालिक कहाँ हैं, मालकिन! अब तो वह डॉक्टर बन गये हैं मालकिन! आज मैं उनके पैरों में सिर रखकर जी भरकर रोऊँगा। आज मेरे को बड़े मालिक की बहुत याद आ रही है। अगर आज वह जिन्दा होते तो कितने खुश होते।''

''रामू काका! अरूण दूसरे कमरे में सो रहा है। आपने उसे बेटे की तरह प्यार किया है। ऐसी क्या चीज है, जो आपने उसे नहीं दी! वह आपके पैरों की धूल है रामू काका, वह जो कुछ आज है, वह सब आपकी बदौलत...।''

''ऐसा मत कहो मालकिन, मैं तो छोटे मालिक का सेवक हूँ... ऐसा कहने से मालिक की आत्मा को बहुत दुःख होगा, वह सोचेंगे यानि उनकी आत्मा सोचेगी कि मेरा खानदानी सेवक नमकहराम हो गया।''

''रामू काका! आपको अरूण की सौगन्ध है जो आपने अरूण को मालिक कहा। अच्छा मैं उसे जगा कर लाती हूँ।''

''अच्छा मालकिन आप कहती हैं, तो ठीक है।''

''नमस्ते रामू काका।''

''नमस्ते छोटे.............. अरूण बेटे।''

''आप कैसे हैं, रामू काका?''

''मैं एकदम ठीक हूँ, अरूण बेटे। आज तुम्हें इस रूप में देखकर मुझे बहुत खुशी हो रही है।''

''सब कुछ आपकी मेहरबानी का फल है रामू काका।''

''बेटे होता तो सब कुछ ईश्वर की मेहरबानी से है। मैं किस खेत की मूली हूँ।''

''अच्छा मालकिन.... मैं चलता हूँ।''

''चाय पीकर जाईये काका!''

''जी बाद में!''

''अच्छा रामूकाका... जल्दी–जल्दी आ जाया करो।''

''जी अच्छा मालकिन!''

''मम्मी! रामू काका को कैसे मालूम हो गया कि हम यहाँ हैं?''

''बेटे, मैंने उनको सूचना दी थी।''

''हैलो डॉक्टर अरूण... कैसे हैं, आप!''

''हैलो डॉक्टर रवि! हम एकदम चंगे हैं बस थोड़ा जुकाम है।''

''अच्छा डॉक्टर अरूण, मैं चलता हूँ... एक सीरियस पेसेन्ट का ऑपरेशन करना है। एक्सीडेन्ट में उसका खून बहुत बह गया और उसके ग्रुप '0' का खून ही नहीं मिल रहा है। वह पेसेन्ट मेरी करीबी पेसेन्ट है और ....।''

''डॉ0 रवि! '0' ग्रुप तो मेरा ही खून है।''

"क्या आप खून देना पसंद करेंगे?"

"क्यों नहीं डॉ0 रवि!"

इतने में ही डॉ0 प्रर्मिला आती है और डॉ0 रवि को कहती है "आप और यहाँ... आपको तो ऑपरेशन रूम में होना चाहिये।"

"डॉ0 प्रर्मिला! मिस मीना को खून की सख्त जरूरत है लेकिन उनके ग्रुप '0' का खून ब्लड बैंक में भी नहीं है।"

"फिर कोई इंतजाम हुआ!"

"हाँ, हाँ, हमारे डॉ0 अरूण वर्मा का ब्लड ग्रुप भी '0' है और वह मेरे कहने से खून देने को तैयार हैं। वैसे हम इन्हें खून देने भी नहीं देते लेकिन पेसेन्ट मिस मीना शहर के जाने–माने सेठ जमुना प्रसाद की सुपुत्री हैं और वह मेरे करीबी हैं।"

सभी लोग ऑपरेशन रूम की तरफ चलते हैं। ऑपरेशन में पूरे दो घण्टे लगते हैं। इसके बाद लन्च हो जाता है और पूरा मेडीकल स्टाफ लंच के लिये चला जाता है।

"चलो डॉ0 अरूण कैन्टीन में चलकर लंच करते हैं। तुम्हारे लिये आलू के पराठे लायी हूँ।" डॉ0 प्रर्मिला ने कहा।

"मुझे तो प्रर्मिला कुछ कमजोरी महसूस हो रही है।"

"और खून दीजिये... आपने ही तो सबका ठेका ले रखा है।"

"प्रर्मिला चलो, मुझे बहुत जोर से भूख लग रही है।"

"प्रर्मिला! आज के पराठे बहुत स्वादिष्ट हैं। तुमने ऐसे पराठे कभी नहीं खिलाये... मैं भी कितना खुशकिस्मत हूँ कि मुझे तुम्हारे हाथ के पराठे खाने को नसीब हुये वर्ना मुझ जैसे को............।"

"छोड़ो अरूण! तुम तो एक दिन की बात कर रहे हो... मैं तो तुम्हें जीवन भर अपने हाथों द्वारा बने पराठे खिलाने को तैयार हूँ मगर तुममें हिम्मत कहाँ है?"

"क्या बताऊँ प्रर्मिला... माँ के पास पहुंचते ही मेरे हाथ–पैर कांपने लगते हैं और कहने की हिम्मत नहीं होती।"

"हिम्मत तो एक दिन करनी ही पड़ेगी।" प्रर्मिला ने कहा।

''आपका कथन सही है डॉ0 प्रर्मिला।''

''ये क्या 'डॉक्टर–डॉक्टर' लगा रखी है... वह सिर्फ ड्यूटी टाइम के लिये है।''

''ओ. के. मिस प्रर्मिला, आइन्दा से ध्यान रखूंगा।''

''गप ही मारते रहोगे या समय का ध्यान है।'' प्रर्मिला ने कहा।

''वास्तव में प्रर्मिला गपशप में बहुत समय बीत गया।''

''देखो अरूण, आज मेरा पिक्चर देखने का मन हो रहा है।'' प्रर्मिला ने कहा।

''प्रर्मिला, तो कौन सी पिक्चर देखनी है, हमें भी बताइये!''

''अरूण! गोलचा सिनेमा में 'हनीमून' पिक्चर लगी है।''

''तब तो हम अवश्य पिक्चर देखने आयेंगे।''

''मम्मी से तो झूठ बोलना पड़ेगा।''

''तो क्या मेरे लिये एक दिन भी झूठ नहीं बोल सकते हैं!'' प्रर्मिला ने कहा।

''अब तो आपके लिये जीवन भर झूठ बोलना पड़ेगा। आप तो एक दिन की बात कह रही हैं!''

''मम्मी, मम्मी!''

''क्या बात है, अरूण बेटे?''

''बात यह है, मम्मी। नहीं, नहीं कोई बात नहीं है।''

''अरूण बेटे! तुम मुझसे कुछ छिपा रहे हो।''

''मेरा मतलब है, मम्मी मुझे पार्टी में जाना है।''

अरूण की मम्मी ने कहा, ''किसके यहाँ पार्टी में जाना है अरूण।''

अरूण ने उत्तर दिया, ''वह हमारी साथी डॉक्टर प्रर्मिला है, उसके यहाँ पार्टी में जाना है।''

''इसमें घबराने की क्या बात है?'' अरूण की मम्मी ने कहा।

''मेरा कहने का मतलब है कहीं तुम्हारी उससे कोई साँठ–गाँठ तो नहीं है। मैं तुमको स्पष्ट बता देना चाहती हूँ कि तुमको शादी सिर्फ सेठ जमुनादास की लड़की से करनी है क्योंकि तुम्हारी और उसकी मंगनी तुम्हारे जन्म से पहले ही हो गयी थी।''

''परन्तु मम्मी मैं तो ....।''

''मैंने तुम्हें बता दिया है अरूण बेटे, अगर तुम मेरे बेटे हो तो तुमको मेरी बात माननी पड़ेगी। तुम्हें सेठ जमुनादास की लड़की से शादी करनी है और अपने पापा की मौत का बदला भी जमुना प्रसाद से लेना है। सेठ जमुना प्रसाद शहर की मानी हस्ती हैं जो कभी तुम्हारे पापा का पार्टनर/ मैनेजर था। वह आज हमारी सम्पत्ति से इतना बड़ा आदमी बना बैठा है।''

''मम्मी मेरी तो कुछ समझ में नहीं आ रहा है। मुझे आप साफ–साफ बताइये।''

''आज से 20 साल पहले कानपुर में तेरे पापा के दो कारखाने थे। दोनों कारखानों का काम जमुना देखता था।''

''जमुना कौन मम्मी?'' अरूण ने पूछा।

''सेठ जमुनादास ही पहले जमुना था। इसका चरित्र ठीक नहीं था। इसने अपने ऑफिस की स्टेनो के साथ दुर्व्यवहार किया था। वह शिकायत लेकर तुम्हारे पापा के पास आयी। तुम्हारे पापा ने जमुना को डांटा। शुरू में इसीलिये नहीं डांटा क्योंकि वह तुम्हारे पापा का दोस्त था। लेकिन जमुना अपनी आदत से बाज नहीं आया। उसने इसी तरह की हरकत दोबारा की। तुम्हारे पापा दोस्ती की वजह से ज्यादा कुछ न कहते थे। कुछ समय बाद जमुना ने हिसाब में गड़बड़ी करना शुरू कर दिया। एक दिन तेरे पापा को गुस्सा आया और उन्होंने जमुना को खुब डांटा... यहाँ तक कि सर्विस से हटाने की धमकी भी दी। उस समय तो जमुना चुप रहा लेकिन उसने तेरे पापा का एक्सीडेन्ट करा दिया। तुम्हारे पापा उस एक्सीडेन्ट से न बच सके। मुझे डराकर, कि अगर मैंने कागजात पर

साइन नहीं किये तो वह तुम्हें मार देगा और जमुना ने सारी सम्पत्ति कारखानों सहित अपने नाम करा ली। इतने पर भी उसे संतोष नहीं हुआ। उसने मुझे व तुझे कोठी से निकाल दिया। तब मैंने उससे कहा कि अरूण तुम्हारा होने वाला दामाद है। तो जमुना ने कहा था कि सेठ जमुना प्रसाद की लड़की की शादी किसी भिखारी के लड़के से नहीं हो सकती और उसने मुझे व तुझे कोठी से धक्के मार मारकर निकाल दिया। अगर रामू काका ने साथ न दिया होता तो ना तुम डॉक्टर बनते और मैं तो अब तक ....।''

''मम्मी रामू काका से कैसे जान–पहचान हुई?''

''रामू काका हमारे खानदानी सेवक थे। तेरे पापा को रामू काका के ऊपर बहुत विश्वास था। अरूण! रामू काका इंसान नहीं, देवता हैं।''

''जी हाँ मम्मी, आपका कथन सही है। आप जो कहेंगी, मैं वही करूंगा।'' फिर आँसू अरूण की आंखों से निकलकर जमीन में गिर गये।

अरूण की मम्मी ने कहा, ''मुझे तुमसे ऐसी ही आशा थी।''

''सुनो प्रर्मिला।''

''मैं कुछ सुनना नहीं चाहती।''

''लेकिन मैं आज तुम्हें सब कुछ बता देना चाहता हूँ।''

''क्या सब कुछ बता देना चाहते हो, जल्दी बताओ?'' प्रर्मिला ने झुंझलाकर कहा।

अरूण ने कहा, ''प्रर्मिला! पहले मुझे कल की गलती पर क्षमा करो क्योंकि कल मैं पिक्चर के प्रोग्राम में शरीक न हो सका।''

''आखिर क्या बात थी जो आप न आ सके?'' प्रर्मिला ने कहा।

''प्रर्मिला! बात बहुत बड़ी थी और है... अब हम दोनों एक न हो सकेंगे।''

''हम दोनों एक क्यों नहीं हो सकेंगे, मुझे पूरी तरह से समझाओ।''

अरूण ने सम्पूर्ण वार्तालाप, जो उसके और मम्मी के बीच में हुई थी, प्रर्मिला को बता दिया।

"तुम चिन्ता मत करो अरूण, और मैं इतनी कमजोर नहीं है कि प्यार में त्याग न कर सकूँ। मैं तुम्हें मजबूर नहीं करूंगी अरूण। मैं तुम्हारी याद में जीवन काट लूंगी, तुम्हें अपने पापा की मौत का बदला सेठ जमुनाप्रसाद से अवश्य लेना चाहिये।"

"प्रर्मिला! तुम्हारा डॉक्टर रवि के बारे में क्या ख्याल है?"

"मैं आपका अभिप्राय समझी नहीं, अरूण।"

"मेरा अभिप्राय था वह अच्छा होनहार डॉक्टर है। उसका व्यवहार भी अच्छा है।"

"मुझे क्या करना है उसके व्यवहार से?"

"नहीं–नहीं ऐसी कोई बात नहीं। मेरा विचार था अगर डॉक्टर रवि मेरा स्थान ले लें तो ठीक रहेगा?"

"अरूण यह आप क्या कह रहे हो!"

"देखों प्रर्मिला, अगर तुम मेरी वजह से जिन्दगी भर परेशान रहो तो यह मुझसे बर्दाश्त नहीं होगा। पापा का बदला लेने के लिये मैं तुम्हें जिन्दगी भर परेशान होते नहीं देख सकता। अगर तुम डॉक्टर रवि से शादी कर लो तो मुझे खुशी होगी और मैं आराम से अपने पापा की मौत का बदला सेठ जमुना प्रसाद से ले सकूंगा। प्लीज मेरी बात मत टालना और हम दिन में तो रोज मिलते ही रहा करेंगे।"

"देखो प्रर्मिला सामने से रवि आ रहा है।"

"हैलो, डॉक्टर अरूण वर्मा व प्रर्मिला!"

"देखो डॉ0 रवि, हम तुम्हें एक खुशखबरी देना चाहते है।" अरूण ने गंभीरतापूर्वक कहा।

"क्यों नहीं, अवश्य बताइये डॉ0 वर्मा?"

"तो डॉ0 रवि! आपका प्रर्मिला के बारें में क्या ख्याल है?"

"अरे डाक्टर वर्मा यह भी कोई पूछने की बात है... हमारी डॉ0 प्रर्मिला तो लाखों में एक हैं।"

"क्यों डाक्टर रवि, तुम्हारी व प्रर्मिला की जोड़ी कैसी रहेगी?"

"डॉ0 वर्मा क्यों मजाक करते हो?"

"डॉ0 रवि, यह मजाक नहीं है... यह हकीकत है। अगर तुम चाहो तो प्रर्मिला से पूछ लो।"

और डॉक्टर प्रर्मिला की आंखों से दो बूंद आँसू के निकले और विलीन हो गये और उसका सिर झुक गया, जो उनकी स्वीकृति का प्रतीक था।

"देखो डॉ0 वर्मा, हम तो झटपट काम करने वाले आदमी हैं। कल कोर्ट में शादी और परसों हनीमून के लिये कश्मीर रवाना।"

"अच्छा रवि... ठीक है। तुम शादी की तैयारी करो। मेरी शुभकामना तुम दोनों के साथ हैं। मैंने अपनी अमानत............।"

डॉक्टर अरूण वर्मा टैक्सी से सदर मार्केट में शॉपिंग करने गये थे। वहीं पर सेठ जमुना प्रसाद की लड़की मीना से मुलाकात हो गयी।

"हैलो डॉक्टर वर्मा!"

"हैलो मिस मीना!"

"आप कैसे हैं डॉक्टर वर्मा?"

"मिस मीना! मैं तो ठीक हूँ... आप कैसी हैं? आपके घाव तो अब तक ठीक हो गये होंगे।"

"हाँ डाक्टर वर्मा, मैं तो बिल्कुल ठीक हूँ।"

"डॉ0 वर्मा, आप कभी हमारी कोठी आइये।"

"क्यों नहीं, क्यों नहीं, आप की कोठी कहाँ है, मिस मीना?"

"हमारी कोठी शक्ति नगर में है जिसका नं0 14 डी. मीनाजी महल है।"

"आप भी हमारे गरीबखाने पर आईये।"

"आप कहाँ रहते हैं डॉ0 वर्मा?"

"हम लोग प्रतापनगर 326 डी में रहते हैं।"

"डॉ0 वर्मा, आपने शापिंग कर ली?"

"नहीं नहीं मैं तो सीधा घर से आ रहा हूँ।"

"क्या चीज खरीदनी है आपको डॉ0 वर्मा?"

"बस एक सूट का कपड़ा लेना है मिस मीना।"

"मिस मीना! मुझे कपड़े के बारे में कोई खास जानकारी नहीं है, अगर आप कुछ मदद...........।"

"क्यों नहीं, डॉक्टर वर्मा! यहाँ पर पापा के दोस्तों के शोरूम हैं। यहाँ का सबसे बड़ा शोरूम 'वन्दना शो रूम' है। वह हमारे काफी मिलने–जुलने वाले आदमी हैं।"

"चलो फिर वहीं चलते हैं।" अरूण वर्मा ने कहा।

डॉ0 अरूण वर्मा और मिस मीना दोनों वन्दना शो रूम पहुंचते हैं। मिस मीना को देखते ही शोरूम के कर्मचारी चौकन्ने हो गये।

"अंकल कहाँ हैं?" मीना ने पूछा।

"वह तो नहीं आये, बाहर काम से गये हुये हैं।"

"कुछ कपड़े वगैरह लेने हैं क्या... वह आप पसन्द कर लीजिये... बाद में हम कोठी पर पहुंचा देंगे।"

"खास कुछ नहीं लेना था... बस साहब के लिये एक सूट का कपड़ा खरीदना है।"

इतना ही कहना था कि शोरूम के कर्मचारियों ने एक से बढ़कर एक सूट के कपड़े उनके आगे पसन्द करने के लिये रख दिये। उनके शोरूम का एक कर्मचारी बोला "आप कपड़े पसन्द कीजिये, मैं कुछ गर्म–ठंडे का इंतजाम करता हूँ।"

उन्हीं में से एक कपड़ा पसन्द करके मिस मीना ने कहा, "डॉ0 वर्मा! मेरे विचार से यह सूट का कपड़ा आपको ज्यादा मैच करेगा।"

"क्या कीमत होगी इस कपड़े की मिस मीना?"

"बस मुश्किल से 5000 रू0 में आपका सूट बन जायेगा। एक बात और डॉ0 वर्मा, यहाँ पर हमारा खाता खुला है और ये लोग बेल बनाकर पापा के पास भेज देते हैं।"

"यह तो ठीक नहीं होगा मिस मीना।"

"यह लोग आपको मेरा घनिष्ठ सम्बन्धी समझ रहे हैं।"

"ठीक है आपकी जैसी इच्छा है मिस मीना।"

"आप घबराते क्यों हो डॉ0 वर्मा... आप भी कभी हमारे लिये............ . यह सब आपस में चलता रहता है।" मिस मीना ने कहा।

इतने में ही शोरूम का कर्मचारी गर्म लेकर आ जाता है और मीना अरूण को सूट का माप देने के लिये बोलती है।

शोरूम से बाहर निकलकर डॉ0 अरूण वर्मा ने कहा "मिस मीना! आप मेरे ऊपर कुछ ज्यादा ही मेहरबान नजर आ रही हैं। आपके मृदुल व्यवहार को देखकर ऐसा नहीं लगता कि आप शहर के जाने–माने सेठ जमुना प्रसाद की सुपुत्री हो।"

"देखो डॉ0 वर्मा! जहाँ तक मेहरबानी का सवाल है तो आजकल कोई किसी के ऊपर मेहरबानी नहीं करता है। मुझे तो आपसे हॉस्पीटल से ही काफी लगाव हो गया है। जो व्यक्ति एक अनजान इन्सान को अपना खून दे सकता है, वह व्यक्ति अच्छा होगा बस!"

"मीना जी! आप मुझे चने के झाँड़ पर चढ़ा रही हैं।"

"लेकिन एक आप हो कि ....। आप तो बस डॉ0 प्रर्मिला से बातचीत करते हुये आते और डॉक्टर की तरह घाव देखकर चले जाते। मुझे आप दोनों को देखकर जलन होने लगती और मैं डॉ0 प्रर्मिला के भाग्य को सराहने लगती। आगे बात यह रही कि मैं कितने बड़े बाप की बेटी हूँ। परन्तु मैं तो पैसे को ज्यादा महत्व नहीं देती और एक हमारे पापा हैं जिनके दो कारखाने पहले से ही हैं और अब तीसरा कारखाना लगाने का इरादा कर रहे हैं।"

"क्या आप कार से आये हैं डॉ0 वर्मा? मिस मीना ने पूछा।

"नहीं, नहीं मिस मीना... मैं तो टैक्सी से ही आया हूँ। अभी तो कार लेने का विचार कर रहा हूँ।"

''कहो तो कार भी दिलवा दें!''

''बस, बस मीना जी! मुझपें इतना ....।''

''ठीक है चलो... आप कहते हैं तो कोई बात नहीं।''

''चलो मैं आपको आपके फ्लैट तक छोड़ देती हूँ।''

''नहीं, नहीं मिस! मुझे अभी हॉस्पीटल में थोड़ा सा काम है। अरे हाँ मुझे एक बात बतानी थी, वो तो बतायी ही नहीं। डॉ0 रवि ने डॉ0 प्रर्मिला से शादी कर ली है और वह लोग हनीमून मनाने कश्मीर गये हैं।''

मिस मीना ने कहा, ''डॉ0 वर्मा, ये कैसे हो सकता है... डॉ0 प्रर्मिला तो आपसे ....।''

''हाँ मिस मीना, सब कुछ ऐसे ही हो गया... किस्मत के लिखे को कौन मिटा सकता है!''

''अच्छा अब मैं चलूंगा, मिस मीना।''

''ओ. के. डॉ0 वर्मा!''

''ओ.के.!''

''बेटा अरूण, ले आया क्या सूट का कपड़ा... दिखाना जरा।'' अरूण की मम्मी ने कहा।

''हाँ, हाँ ले आया मम्मी। अभी सिलाई के लिये दिया है।''

''अरे हाँ मम्मी, सूट तो सेठ जमुना प्रसाद की लड़की मीना ने खरीदवाया है।''

''तो तुमने उससे जान–पहचान कर ली बेटे।''

''मम्मी, उसको तो मैं काफी दिनों से जानता हूँ।''

''मम्मी! मीना तो बहुत अच्छी लड़की है।''

''अरूण बेटे, तुम्हें यह नहीं भूलना चाहिये कि तुझे उस लड़की के पापा से अपने पापा की मौत का बदला लेना है और सेठ जमुना प्रसाद को अपनी लड़की के लिये तड़पने के लिये मजबूर करना है।''

''मम्मी! जान–पहचान उससे हॉस्पीटल में हुई और मैंने अनजाने में उसे अपना खून भी दिया है।''

''हाँ बेटे... तुम्हारा उसका रिश्ता तो तुम्हारे और मीना के जन्म से पहले ही पक्का हो चुका था।''

अरूण वर्मा के फ्लैट में टेलीफोन की घंटी अचानक बज उठी। अरूण वर्मा ने फोन उठाया आवाज आयी ''हैलो।''

''हैलो।''

''अरे डॉक्टर वर्मा, आपने उस रोज से ना तो फोन किया और न ही कोठी पर मिलने के लिये आये।''

''देखो मिस मीना! फोन नं. तो मुझे मालूम नहीं... बहरहाल मैं कोठी पर आने की सोच रहा था।''

''आप कब आ रहे हैं कोठी पर, मेरे मम्मी–पापा आपको काफी याद करते रहते हैं।''

''मिस मीना! मैं अभी आ रहा हूँ क्योंकि मुझे कहीं जाना है। मैं वहीं से क्रॉस करूंगा और आपके यहाँ भी मिलता हुआ चला जाऊंगा।''

''तो मैं इंतजार करूं!'' मिस मीना ने कहा।

''हाँ हाँ... मैंने कहा ना मैं अभी आ रहा हूँ!''

''बेटे अरूण! किसका फोन था?'' उसकी मम्मी ने अरूण से पूछा।

''मम्मी! मेरे एक दोस्त का फोन था।'' अरूण ने यह झूठ बोला।

''मैं जा रहा हूं।''

''अच्छा अरूण बेटे!''

और अब डाक्टर वर्मा की कार सड़क पर दौड़ रही थी। कुछ ही समय में कार सेठ जमुना प्रसाद की कोठी के सामने थी। अरूण ने दरबान से पूछा, ''क्या यह सेठ जमुना प्रसाद की कोठी है?''

''हाँ साहब यही है! दरबान ने उत्तर दिया, वे लोग आप ही का इंतजार कर रहे हैं।''

डॉ0 वर्मा अपनी कार सेठ जमुना प्रसाद के कोठी के अन्दर ले गये। वहाँ पर उसे रिसीव करने के लिये मीना खड़ी थी।

डॉ0 वर्मा को देखते ही मिस मीना ने कहा, ''तो आप आ गये। ऐसे विश्वास तो नहीं हो रहा था अपनी आंखों पर।''

''देखो मिस मीना, हम वायदे के बहुत पक्के हैं।''

''अच्छा अब अन्दर चलो। मम्मी–पापा आपका इंतजार कर रहे हैं।''

अरूण ने अन्दर जाकर हाथ जोड़कर प्रणाम किया। जमुना प्रसाद व उनकी धर्मपत्नी दोनों खड़े हो गये।

''नमस्ते डॉ0 वर्मा... कैसे हैं आप डॉ0 वर्मा!''

आपके आशीर्वाद से ठीक हूँ सेठ साहब!''

''आईये–आईये बैठिये। मीना! तुम कुछ जलपान का प्रबन्ध तो कराओ।''

''जी पापा!'' कहकर मीना अन्दर चली जाती है।

''डॉ0 वर्मा! हम आपके बहुत अहसानमन्द हैं। आपने अपना खून देकर हमारी लड़की मीना की जान बचायी है।'' सेठ जमुना प्रसाद व उनकी धर्मपत्नी ने कहा।

''इसमें एहसान की क्या बात है, सेठ साहब... यह तो मनुष्य का कर्तव्य होता है कि वह दूसरे मनुष्य के बुरे समय में काम आये!''

''अच्छा यह तो बताइये डॉ0 वर्मा कि आपके परिवार में कौन–कौन हैं।''

''मैं और मेरी मम्मी, सेठ साहब हम अपने परिवार के दो ही सदस्य हैं।''

इतने में ही मीना रामू काका की मदद से खान–पान का इंतजाम करके ले आयी।

डॉ0 अरूण वर्मा को देखकर रामू काका एकदम चौंक गये और बड़ी मुश्किल से उन्होंने अपने आपको सँभाला।

चाय–पानी का दौर चलने लगा और उसी समय सेठ जमुना प्रसाद बोले, "डॉ0 वर्मा, कभी–कभी आ जाया करो। इसे अपना ही घर समझो। हमारी मीना तो आपको बहुत पसन्द करती है।"

"ठीक है, अच्छा... मैं अब चलता हूँ सेठ साहब।"

"देखो अरूण, मुझे तुम्हारा 'सेठ साहब' कहना अच्छा नहीं लगता।"

"लीजिये तो सेठ साहब नहीं तो अंकल सही!"

"अच्छा अंकल अब मैं चलता हूँ... मुझे कुछ काम भी है "

"अच्छा अरूण बेटे... कभी–कभी हमारे पास भी हो जाया करो।"

"अच्छा अंकल!"

मीना उसे छोड़ने के लिये बाहर तक आती है।

"ओ.के. मिस मीना।"

"ओ.के. डॉ0 वर्मा।"

"देखो डॉ0 वर्मा, मुझे तुम्हारा 'मिस' कहना अच्छा नहीं लगता है।"

"तो मुझे भी तुम्हारा 'डॉ0' कहना अच्छा नहीं लगता है।"

"अच्छा तो हम आज से एक–दूसरे का नाम लिया करेंगे।"

"ओ.के. मीना।"

"ओ.के. अरूण।"

मीना ने कहा, "एक शुभ समाचार देना था आपको।"

"हाँ, हाँ, बताइये मीना जी कि क्या शुभ समाचार देना है!"

"मम्मी–पापा ने मेरी पसन्द पूछी थी।"

"किस चीज की पसन्द पूछी।" डॉ0 वर्मा ने अनजान बनते हुये कहा।

"बड़े बुद्धु बनते हो, जैसे कुछ जानते ही नहीं हो।"

"अच्छा बताओ मीना, आपने किसे पसन्द किया?"

"अपने सपनों के राजकुमार को!"

"कौन है वह भाग्यशाली?" अरूण हंसते हुये बोला।

मीना ने कहा, "वह भाग्यशाली आप भी हो सकते हैं।"

"पापा फिर व्यापार के काम से विदेश जा रहे हैं। वहाँ साल भर लग जायेगा। इसीलिये पापा का विचार मेरी शादी करके विदेश जाने का है। और अरूण मेरी तरह मेरे पापा भी आपके ऊपर बहुत मेहरबान हैं। उस रोज आप हमारे यहाँआये तो पापा कह रहे थे कि अरूण किसी अच्छे घर का लड़का है। इतना पढ़ लेने के बाद भी कितनी सादगी है।"

"देखो मीना अब बात बहुत आगे बढ़ चुकी है। मैं तुम्हें साफ–साफ बता देना चाहता हूँ कि मैं तुम्हें इतनी सुविधायें नहीं दे सकूंगा। मेरे यहाँ सब कुछ सीमित है। मैं अपनी मम्मी से भी इसके बारे में पूछ लेता हूँ, आपको रिंग करके बता दूंगा।"

"मम्मी, मम्मी!"

"क्या बात है अरूण बेटे... मैं कुछ समझी नहीं तुम इतने परेशान क्यों दिखायी दे रहे हो?"

"मम्मी! मैं अब अपने पापा की मौत का बदला सेठ जमुनाप्रसाद से ले सकूंगा क्योंकि सेठ जमुना प्रसाद अपनी लड़की की शादी मुझसे करना चाहता है।"

"यह बहुत अच्छी बात है। इससे तुम्हारा काम और सरल हो गया है।" मम्मी ने कहा।

"मालकिन, मालकिन!"

"आओ रामू काका!" अरूण की मम्मी ने कहा।

"नमस्ते रामू काका!"

"नमस्ते अरूण बेटे!"

"मालकिन आप चुपचाप क्यों हैं?" रामू काका ने पूछा।

अरूण की मम्मी ने उत्तर दिया, "रामू काका अब समय आ गया है आप अपने मालिक की मौत का बदला लेने में अरूण का सहयोग करो।"

"क्यों नहीं, क्यों नहीं, मालकिन मेरे जीने का तो सिर्फ उद्देश्य ही यही है और सेठ ने भी अरूण को अपनी लड़की के लिये पसन्द कर लिया है।" रामू काका अरूण की तरफ देखने लगा।

अरूण ने कहा, "रामू काका! मम्मी ने मुझे सब कुछ बता दिया है, इससे मेरे अन्दर आपकी इज्जत और बढ़ गयी है।"

रामू काका, 'छोटे मालिक छोटे मालिक' कहता हुअ अरूण के पैरों में गिर पड़ा।

"यह क्या कर रहे हो रामू काका... यह बुजुर्गों को अच्छा नहीं लगता।"

"मैं तुम्हारा खानदानी सेवक हूँ छोटे मालिक, मालिक की कसम ने मुझे रोक रखा था, आज मैं आपके पैरों में सिर रखकर जी भरकर रोऊंगा।"

"नहीं—नहीं रामू काका, यह उचित नहीं है। मैं तो आपके बेटे के समान हूँ। मैं जो कुछ हूँ आपकी बदौलत हूँ।"

"छोटे मालिक! आज मुझे तुम्हें इस अवस्था में देखकर कितनी खुशी हो रही है कि आज छोटे मालिक बड़े मालिक की मौत का बदला उस नीच से ले सकेंगे। तुम नहीं जानते छोटे मालिक मैंने एक—एक दिन

किस प्रकार सिसक–सिसक कर काटा है। 20 वर्षों से यह तमन्ना मन में लगाये बैठा हूँ।''

''आप क्या 'छोटे मालिक छोटे मालिक' लगा रखी है... आप मुझे नाम लेकर पुकारा कीजिये अगर आपको मुझसे प्यार है।''

यह सुनकर रामू काका मालकिन की तरफ देखने लगा।

''हाँ, हाँ, ठीक तो कह रहा हूँ अरूण, रामू काका।''

''ठीक है मालकिन जैसी आपकी इच्छा।''

तभी टेलीफोन की घन्टी बजी।

अरूण ने फोन उठाया तो मालूम हुआ कि सेठ जमुना प्रसाद बोल रहे हैं।''

''मम्मी आइये.... वे आपसे कुछ बात करना चाहते हैं।''

''मैं उससे कुछ बात करना नहीं चाहती अरूण... तुम ही उससे बात कर लो।''

''नहीं–नहीं मम्मी! आपको बात तो करनी ही पड़ेगी वर्ना वे क्या सोचेंगे।''

''देखिये जी... मैं सेठ जमुनाप्रसाद बोल रहा हूँ। मुझे आपका लड़का अपनी लड़की के लिये पसन्द है। और आपका लड़का व मेरी लड़की एक–दूसरे को पसन्द करते हैं। इसमें आपको कोई आपत्ति तो नहीं है।''

''जमुनाप्रसाद जी, जब बच्चों की ही इच्छा है तो मुझे कोई आपत्ति नहीं है।''

''तो कल हम लोग आ रहे हैं।''

''जी अच्छा!'' अरूण की मम्मी ने कहा और टेलीफोन रख दिया।

''रामू काका! कल वे लोग आ रहे हैं।''

''ठीक है, मालकिन, मैं चलता हूँ, वे लोग मेरा इंतजार कर रहे होंगे।''

अगले रोज सेठ जमुना प्रसाद का लड़का डॉ0 वर्मा के फ्लैट पर आये और अपने साथ काफी सामान भी लाये। अरूण व मीना की शादी की बात पक्की हो गयी और तारीख भी निश्चित कर दी गयी।

अरूण की मम्मी मीनाक्षी ने इस तरह मेकअप किया था ताकि सेठ जमुनाप्रसाद उसे पहचान ना सकें।

डॉ0 अरूण वर्मा अपनी कार से ज्वाइंट कमीश्नर एस.एन. महाजन के ऑफिस पहुंचे और वहाँ पर उनसे मिलने की इजाजत लेकर अन्दर ऑफिस में प्रविष्ट हुये।

''मिस्टर वर्मा, आपकी क्या परेशानी है, थोड़ा संक्षिप्त में मुझे बताइये!''

''ज्वाइंट कमीश्नर महोदय! मेरी परिस्थिति बड़ी विकट है।'' और डॉ0 वर्मा ने सम्पूर्ण वृतांत ज्वाइंट कमीश्नर महोदय को बता दिया।

''मिस्टर वर्मा! मुझे ध्यान आ रहा है उस समय मैं कान्पुर में डी. एस.पी. था जब मैनेजर जमुना ने आपके पिताजी का उस समय एक्सीडेन्ट कराया और आपकी सम्पत्ति को अपने कब्जे में किया। मुझे इस केस में विशेष रूचि थी और मैंने केस उठाने की कोशिष भी की थी लेकिन मैनेजर जमुना, जो अब जमुना प्रसाद बन चुका है, ने मेरा ट्रान्सफर करा दिया क्योंकि उसके हमारे पुलिस विभाग के बड़े अधिकारियों से भी अच्छे सम्बन्ध थे। मुझे उस एक्सीडेन्ट पर पूरा शक था क्योंकि एल्सीडेन्ट के स्थान को देखने पर यह स्पष्ट दिखायी दे रहा था कि यह एक्सीडेट जान बुझकर किया गया है। ट्रक व ट्रक ड्राइवर दोनों ही तुम्हारे फर्म के थे। मैं तुम लोगों के बारें में काफी सोचा करता था लेकिन मेरी पोस्टिंग होने की वजह से..............।''

अरूण सेठ जमुना प्रसाद के खिलाफ अपने पिता को मारने तथा धोखेबाजी से सम्पत्ति हथियाने का केस अदालत में डालता है। रामू काका तथा अरूण की मम्मी मीनाक्षी की गवाही इस केस में थी।

''मेरे पास इतने प्रमाण हैं जो सेठ जमुना प्रसाद को दोषी ठहरा सकते हैं। मैं डी.सी.पी. साहब को फोन करता हूँ।'' कुछ ही समय में डी.

सी.पी. साहब आर्म्स पार्टी के साथ ज्वाइंट कमीश्नर महोदय के ऑफिस आ जाते हैं।

कई पुलिस की जीप धड़ाधड़ सेठ जमुना प्रसाद की कोठी में प्रवेश करती है। सेठ जमुना प्रसाद उन्हें देखकर चकित रह गये।

"आईये, आईये कमीश्नर साहब... आज आपने हमारी कोठी पर ही धावा बोल दिया।"

ज्वाइंट कमीश्नर ने कहा "सेठ जमुना प्रसाद उर्फ मैनेजर जमुना, आपको कत्ल करवाने व चार सौ बीसी के अपराध में गिरफ्तार किया जाता है।"

"मैंने किसी का कत्ल नहीं किया, किसी के साथ चार सौ बीसी नहीं की।" सेठ जमुना दास ने उत्तर दिया।

"मैनेजर जमुना मत भूलो कि तुमने कितनी निर्दयता से अपने दोस्त और मालिक का एक्सीडेंट कराया था। मैंने उस केस का पर्दाफाश करना चाहा तो तुमने मेरा ट्रान्सफर कर दिया। मैं वही डी.एस.पी. हूँ जिसका तुमने ट्रांसफर कराया था लेकिन आज तुम ऐसा नहीं कर सकते। मैं तुम्हें गिरफ्तार करता हूँ। तुम्हारी पत्नी, लड़का व लड़की को यह कोठी छोड़नी पड़ेगी क्योंकि इसे सील कर दिया जायेगा। इसमें तब तक नहीं रहा जा सकता जब तक अदालत कोई निर्णय न दें।"

"ये हैं मिस्टर अरूण वर्मा, तुम्हारे मालिक व दोस्त के इकलौते संतान और तुम्हारे होने वाले दामाद।"

सेठ की आंखें झुक गयी और उन्होंने कहा "बेटे अरूण! हो सके तो मुझे क्षमा कर देना क्योंकि तुम्हारा व मीना का रिश्ता तो बहुत पुराना है।"

"एक करोड़पति बाप के करोड़पति बेटे की शादी एक भिखारी की लड़की के साथ कैसे हो सकती है?" मीनाक्षी ने कहा।

"यही शब्द जमुना प्रसाद आपने ही मुझसे कहे थे कि एक करोड़पति की बेटी की शादी एक भिखारिन के लड़के से कैसे हो सकती है जब मैंने आपको बताया था कि अरूण व मीना की शादी तो उनके जन्म से पूर्व निश्चित हो चुकी थी। और आपने बेरहमी से मुझे व अरूण

को कोठी से निकाल दिया। पूरी सम्पत्ति पर अधिकार आप पहले ही कर चुके थे।''

''मालकिन मुझे अपनी गलती का एहसास है और मैं इसके लिये क्षमा मांगता हूँ। मेरा आपसे निवेदन है मीना को अपना लेना। मेरे पापों की सजा मेरी बेटी को मत देना।''

तभी जमुनाप्रसाद का वकील कोठी पर पहुँचता है तथा कहता है ''हम इस बारे में कोर्ट में केस लड़ेंगे।''

''अब इसकी जरूरत नहीं है वकील साहब।''

उसके बाद वकील साहब चले जाते हैं तथा पुलिस सेठ जमुना प्रसाद को गिरफ्तार करके ले जा चुकी थी।

मीना की आंखों से अश्रु धारा अविरल बह रही थी जो रूकने का नाम नहीं ले रही थी।

तभी अरूण मीना के पास गया और उसे ढाढस बँधाते हुये बोला ''मीना अब क्यों रोती हो, अब तो सब ठीक हो गया!''

''आप और माताजी हम लोगों को माफ कर दें।''

तभी अरूण की माँ अरूण व मीना के पास आयी तथा बोली ''मीना! तुमने व बहन कल्पना ने कोई गलती नहीं की तो माफी किस बात की। यह सब समय का चक्र होता है जो कि अब पूरा हो चुका है।''

तभी रामू काका हाथ जोड़े हुये मीनाक्षी के पास आये और बोले, ''मालकिन, इसमें छोटी मालकिन व मीना बिटिया की वास्त्व में कोई गलती नहीं है। मैंने पूरी बात छोटी मालकिन को बता दी थी तथा वे समय–समय पर आपके व अरूण बेटे के खर्चे का पैसा भी मुझे देती थी।''

मीनाक्षी ने कहा, ''अब रामू काका की हैसियत इस परिवार में सेवक की नहीं होगी बल्कि इस परिवार के सदस्य के रूप में होगी। सम्पत्ति की देख–रेख दोनों परिवार संयुक्त रूप से करेंगे।''

अरूण व मीना की शादी बड़े धूमधाम से सम्पन्न की गयी। सेठ जमुना प्रसाद को एक दिन के लिये पैरोल (अवकाश) पर जेल से लाया गया। सेठ जमुना प्रसाद ने ही मीना का कन्यादान किया।

संयोग

दोपहर का समय था। लगभग एक बज रहा था। तापमान काफी बढ़ गया था। अचानक ही आकाश में बादल गरजने लगे तथा बिजली कड़कड़ने लगी और घनघोर वर्षा होने लगी।

रास्ते में एक लड़का वर्षा से बचने के लिये सड़क पार करके बस स्टॉप पर जा रहा था। अचानक वह सामने देखता है कि एक मोटर साइकिल वाला एक लड़की को टक्कर मारकर चला गया। लड़का, लड़की के पास जाता है तथा पूछता है "तुम्हें अधिक चोट तो नहीं लगी।"

लड़की ने कराहते हुये कहा "मेरे घुटने में चोट लगी है। मुझसे तो उठा भी नहीं जाता।"

"लड़का उसे सहारा देकर बस स्टॉप पर वर्षा से बचने के लिये ले जाता है। लड़की कृतज्ञ निगाहों से उसे देखती है और पूछती है "तुम्हारा क्या नाम है?"

लड़के ने उत्तर दिया "मुझे भूषण कहते हैं।" और फिर भूषण ने पूछा "तुम्हारा क्या नाम है?"

लड़की ने उत्तर दिया "मुझे मीनाक्षी कहते हैं।"

भूषण ने कहा "मीनाक्षी तुम किसी बड़े घराने की दिखाई देती हो।"

मीनाक्षी ने गर्वपूर्वक उत्तर दिया, "हाँ, ब्रहमपुरी में हमारी बहुत बड़ी कोठी है और मेरे पापा का बहुत बड़ा कारोबार है। एक आईस फैक्ट्री भी है।"

यह सुनकर लड़के की आंखों में आँसू आ गये।

"अरे, तुम रो रहे हो।" मीनाक्षी ने पूछा।

"हाँ मीनाक्षी, बात ही कुछ ऐसी है।"

"क्या बात है मुझे भी कुछ बताइये?" मीनाक्षी ने कहा।

"छोड़ो मीनाक्षी, इस समय मेरा मन बहुत दुःखी हो रहा है।"

"भूषण तुम्हारा मन बहुत दुःखी क्यों है? आखिर कोई बात तो होगी और जब तुम मुझे न जानते हुये भी मेरे बुरे समय में सहारा दे सकते हो तो क्या मैं तुम्हें दुःखी देखकर यह भी नहीं पूछ सकती कि तुम क्यों रो रहे हो?"

"अच्छा तुम जिद्द कर रही हो तो मैं बताता हूँ। मीनाक्षी, मेरे पापा भी बहुत बड़े व्यक्ति थे, वे चार भाई थे। हमारे दादी जी के पास बहुत जमीन थी। मेरे चाचा व ताऊ को रेस खेलने का बहुत शौक था और उन्होंने लाखों रूपया रेस में बर्बाद कर दिए। इधर मेरे पापा की तबियत भी काफी खराब रहती थी। 18 वर्ष तक उनका इलाज होता रहा। मम्मी ने लाखों रूपया उनकी बीमारी में लगा दिया। लेकिन मम्मी फिर भी पापा को मौत के मुँह से न बचा सकी। मम्मी को परिवारजनों की नेचर अच्छी न लगी और मम्मी ने पाप का घर छोड़ दिया।"

मीनाक्षी ने पूछा "भूषण, यहाँ तुम कहाँ और किसके यहाँ रहते हो?"

भूषण ने उत्तर दिया "मीनाक्षी, ब्रहमपुरी में मेरे मामाजी का सोने का बिजनेस है।"

"क्या नाम है उनका" मीनाक्षी ने पूछा।

भूषण ने उत्तर दिया "रामलाल वर्मा"।

"क्या कहा रामलाल वर्मा... वह तो हमारे पड़ोसी हैं। और उनकी बगल में जो बहुत बड़ी कोठी है, वह हमारी है।"

"तो वह तुम्हारी कोठी है।"

मीनाक्षी ने उत्तर दिया, "हाँ वह हमारी ही है।"

"देखो मीनाक्षी, न जाने वर्षा भी कब की बंद हो गयी और हम लोग वार्तालाप में इतने बिजी हो गये कि कुछ ध्यान नहीं दिया... चलो चलते हैं।"

"जी, आपके परिवार में कौन-कौन हैं भूषण?"

भूषण ने उत्तर दिया "मेरे परिवार में मैं और मेरी मम्मी तथा मेरी छोटी बहन चंचल है। बस मेरे परिवार में तीन ही सदस्य हैं। फिर भूषण ने पूछा "तुम्हारे परिवार में कितने सदस्य हैं।"

मीनाक्षी ने उत्तर दिया "मेरे परिवार में सात सदस्य हैं, मेरे मम्मी–पापा और हम पाँच भाई बहन हैं। वैसे हम तीन बहन और दो भाई हैं।"

"तुम्हारे पापा का क्या नाम है, मीनाक्षी?"

"मेरे पापा का नाम श्यामलाल है।"

"भूषण! ऐसा लगता है कि हम लोग एक–दूसरे को कितने दिनों से जानते हैं।"

"हाँ, मीनाक्षी तुम सही कहती हो।"

"तुम यहाँ कब आये हो, भूषण?"

"हम लोग परसों ही तो मेरठ आये हैं मीनाक्षी।"

बातों ही बातों में मीनाक्षी की कोठी आ गयी और गेट पर मीनाक्षी के पापा खड़े थे।

मीनाक्षी ने कहा "ये मेरे पापा हैं, भूषण। अच्छा मैं जाती हूँ भूषण, बाय!"

"बाय।"

भूषण ने मीनाक्षी के पिता का अभिवादन किया और अपने मामा के यहाँ चला गया।

"मीनाक्षी कौन है, यह लड़का? तुम लंगड़ा कर क्यों चल रही हो?"

"पापा यह हमारे पड़ोसी रामलाल जी का भान्जा भूषण है। रास्ते में एक मोटर साइकिल वाले ने मुझे गिरा दिया तो भूषण ने मुझे रोड से उठाया और फिर रिक्शे में बिठाकर यहाँ तक लाया है। मेरे घुटने में चोट लगी है।"

"भूषण!"

"जी, मामा जी!"

"जरा दुकान पर चले जाओ, और वहाँ से अपने छोटे मामा को भेज देना।"

"मामा जी, मैं स्कूल का काम कर रहा हूँ, बाद में चला जाऊंगा। कल दुकान जाने से मेरा होमवर्क नहीं हुआ था और इसलिये मास्टर जी ने मुझे मारा था।"

"भूषण बेटे, पढ़ने से ज्यादा घर का काम जरूरी है। फिर तुम्हारे ऊपर तो जिम्मेदारी भी ज्यादा है क्योंकि तुम्हारी माँ और बहन भी हैं और उनकी जिम्मेदारी भी तुम्हारे ऊपर है इसलिये तुम्हें दुकान का काम भी करना चाहिये।"

"जी मामा!" कहकर भूषण दुकान चला जाता है और वहाँ जाकर बोलता है, "छोटे मामाजी, आपको बड़े मामाजी ने घर बुलाया है।"

"भाई साहब, आपने मुझे बुलाया था।"

"हाँ मदनलाल, मैंने तुम्हें बुलाया था। मैं आजकल देख रहा हूँ कि तुम दुकान के काम में ज्यादा रूचि ले रहे हो और पढ़ाई की तरफ से तुम्हारा ध्यान हटता जा रहा है। तुम्हें मालूम है इण्टर की परीक्षा बोर्ड की परीक्षा है। फेल हो गये तो कितनी बदनामी होगी मेरी। और तुम्हारी उम्र अभी पढ़ने की है। दुकान की तुम्हें क्या चिंता? यह चिन्ता तुम बड़े भाई के ऊपर छोड़ दो। तुम्हारा बड़ा भाई किसलिये है।"

"भाई साहब! मुझे 50 रूपये कॉपी लाने के लिये दे दीजिये।"

"ये लो सौ रूपया... मोटी वाली कॉपी ले लेना, 50 रू0 वाली तो बहुत जल्द ही भर जायेगी। और मैं दुकान पर जा रहा हूँ।"

"अच्छा भाई साहब!"

"मामा जी! अब मैं घर जाऊँ।" भूषण ने पूछा।

"भूषण! तुम्हें घर से आये अभी दो ही घंटे हुये हैं। इतनी जल्दी घर जाने लगे।

''मामाजी! मुझे एक कॉपी भी खरीदनी है, उसके लिये 50 रूपये चाहिये।

''यह लो पच्चीस रूपये, इनसे भी काम चल सकता है। 50 रू0 वाली कॉपी जरूरी नहीं। पच्चीस रूपये वाली में भी कार्य चल सकता है। आज तुम्हारा दुकान के काम में मन नहीं लग रहा है। घर जाओ और रास्ते में अपने लिये कॉपी भी ले लेना।''

भूषण घर पहुंचा तो बहुत सुस्त था। उसके दिमाग में यह बात बार–बार आ रही थी कि बड़े मामाजी छोटे मामाजी को बहुत चाहते हैं और मुझे कम चाहते हैं और उनके दिल में मेरे जीवन का महत्व बहुत कम है।

''भूषण, तू आ गया बेटा।''

''जी हाँ, आ गया मम्मी।''

''बेटा सुस्त दिखायी दे रहा है।''

''नहीं–नहीं मम्मी... कोई ऐसी बात नहीं है।''

''देख भूषण बेटा, तेरे मामा अगर तेरे को कुछ कहते हैं तो बुरा मत मानना। वे जो कुछ कहेंगे तेरी भलाई के लिये कहेंगे!'' वह खाना लाने के लिये रसोई घर में चली जाती है।

''भईया! मुझे मालूम है तुम क्यों उदास हो?''

''हाँ हाँ बताओ तुझे क्या मालूम है? आजकल तू बहुत बोलने लगी है।''

''भईया, मामा जी ने तेरे को दुकान पर भेज दिया और तेरा पढ़ाई का काम नहीं हुआ। और तेरे मास्टर जी तुझे मारेंगे। भईया, मेरी समझ में एक बात नहीं आती। बड़े मामा जी छोटे मामाजी को कभी पढ़ने से नहीं उठाते।''

''ओह! मेरी नन्हीं मुन्नी बहन चंचल, तू तो बहुत होशियार है।'' यह कहकर भूषण ने उसे गले से लगा लिया।

''भईया तुम रोते क्यों हो? कुछ समय की तो बात है। फिर आप पढ़ लिखकर बड़े ऑफिसर बनोगे। हमारा अपना घर होगा और हम किसी के ऊपर आश्रित नहीं होंगे।''

"ले भूषण खाना खा ले!" भूषण की माँ ने कहा।

"लाओ मम्मी!" और भूषण ने खाना खा लिया और अपना पढ़ाई का कार्य करने लगा।

एक दिन रास्ते में भूषण को मीनाक्षी मिल गयी और बोली, "भूषण बाबू, आजकल दिखायी नहीं देते।"

"मीनाक्षी, परीक्षा की वजह से बिजी था और कुछ दुकान का काम भी देखना पड़ता है।"

"पेपर कैसे गये भूषण?"

"बस उत्तीर्ण हो जाऊँगा मीनाक्षी।"

"उसके बाद क्या विचार है तुम्हारा!"

"मीनाक्षी, जिनके ऊपर किसी का साया नहीं होता, उनका कुछ विचार नहीं होता।"

"नहीं भूषण, तुम्हें ऐसा नहीं कहना चाहिये। मनुष्य स्वयं अपने साये में अपना भविष्य बना सकता है।"

"हाँ मीनाक्षी, तुम्हारा विचार सही है। मैं अपने साये में अपना भविष्य बनाने की कोशिश करूँगा।"

"अच्छा अब मैं चलूंगी भूषण! बाजार से कुछ सामान भी लाना है। घर पर मम्मी राह देख रही होंगी।"

"अच्छा मीनाक्षी, बाय!"

"बाय!"

"मदन लाल तुम्हारा परीक्षा फल निकल गया।"

"हाँ भाई साहब, मेरा परीक्षा फल निकल गया और मैं द्वितीय श्रेणी में उत्तीर्ण हो गया।"

"शाबाश! मुझे तुमसे यही उम्मीद थी और भूषण तो फेल हो गया होगा क्योंकि उसका तो पढ़ने में मन नहीं लगता था।"

"नहीं–नहीं भाई साहब! भूषण भी द्वितीय श्रेणी से उत्तीर्ण हो गया है।"

"मदनलाल, नकल मार दी होगी उसने। ऐसे कामों में वह बहुत तेज है।"

रामलाल ने मदनलाल से पूछा "अब तुम्हारा क्या विचार है?"

"भाई साहब, अब मैं बी.ए. करूँगा और उसके बाद एम.ए. करूँगा।"

"हाँ, हाँ तुम पहले बी.ए. करो, उसके बाद एम.ए. करो और उसके बाद भी जो कुछ करना है, करो जिससे कि मेरा नाम रोशन हो।"

रास्ते में रामलाल, मदनलाल को मीनाक्षी के पापा मिल गये और उन्होंने मदनलाल से पूछा "तुम्हारा रिजल्ट कैसा रहा?"

रामलाल ने झट से उत्तर दिया, "श्यामलाल जी... मेरा भाई द्वितीय श्रेणी से उत्तीर्ण हुआ है।"

"और भांजा भूषण!" श्यामलाल ने पूछा।

"उसने भी नकल–वकल से हाई स्कूल कर ली है। मुझे तो उसके पास होने की भी उम्मीद नहीं थी। लेकिन मदनलाल ने इस वर्ष बहुत मेहनत की थी। दिन–रात एक कर दी थी। मुझे तो इसकी प्रथम श्रेणी की उम्मीद थी।" यह कहकर रामलाल व श्यामलाल अपने घर की तरफ चल दिये।

मीनाक्षी ने अपने पापा से कहा, "पापा! मुझे रामलाल अंकल की दोगली बात पसन्द नहीं आयी। भाई से इतना प्यार और भांजे से इतनी ईर्ष्या... वह कोई गैर तो नहीं है, वह भी उनका अपना ही है।"

"हाँ बेटी, जमाना बड़ा स्वार्थी है। इंसान की आत्मा बहुत गन्दी हो गयी है।"

मामा के घर पहुंचते ही भूषण चिल्ला उठा "मामा! मैं द्वितीय श्रेणी से उत्तीर्ण हो गया हूँ।"

"मुझे मालूम है!" रामलाल ने झुंझलाते हुये कहा और हाँ अब तुम्हारा विचार क्या है भूषण?"

"मामा जी! मेरा विचार अब इण्टर करने का है और उसके बाद बी.ए. करने का है।"

"बेटा तुम बी.ए. और इण्टर का विचार छोड़ दो और अपना घर सँभालो। कल तुम्हें अपनी बहन की शादी करनी है, फिर अपनी भी करनी पड़ेगी और उसके बाद बच्चे भी होंगे।"

"मामा जी! मैं तो अवश्य पढ़ूंगा।"

रामलाल ने उत्तर दिया "हमारी तो इतनी सामर्थ्य है नहीं कि तुम्हें पढ़ा सकें व तुम्हारी माँ और बहन का पेट पाल सकें। अगर तुम नहीं मानते तो तुम्हारी जैसी मर्जी हो वैसा करो।"

भूषण ने कहा "फिर आप हमें हमारा गहना और पैसा दे दीजिये जिसे मम्मी मेरे पापा के घर से लेकर आयी थी।"

यह सुनकर रामलाल काबू से बाहर हो गया और बोला "हमें किसी ने कुछ नहीं दिया। हमारे पास किसी का कुछ नहीं है। भलाई की बात तो दूर रही, तुम तो हमारे ऊपर इल्जाम लगाते हो। किसी ने ठीक कहा है कि भलाई का जमाना नहीं है। तुमको पढ़ा रहे हैं और तुम्हारा और तुम्हारी माँ–बहन का पेट पाल रहे हैं। तुम अपनी माँ और बहन को

लेकर कहीं भी जा सकते हो। इस घर में तुम्हारे लिये कोई स्थान नहीं है। फिर चाहे बी.ए. करना या एम.ए. करना।"

जिस समय रामलाल ने अपनी बहन लक्ष्मी तथा भान्जी व भान्जे को घर से निकाला उस समय रात्रि के दस बज रहे थे। भूषण की मम्मी उससे नाराज थी कि उसने अपने मामा की बात क्यों नहीं मानी!

चंचल बोली "भईया अब हम कहाँ जायेंगे, कहाँ रहेंगे, क्या खायेंगे?"

"मेरी छोटी बहन चंचल! तू काहे को चिन्ता करती है। मनुष्य के धैर्य, साहस व बुद्धि सब ऐसे समय में ही देखे जाते हैं। आज हम लोग स्टेशन पर अपनी रात गुजारेंगे और रही खाने की बात तो मैं मजदूरी करूंगा, कुलीगिरी करूंगा या नौकरी करूंगा लेकिन तुझे और माँ को खुश रखने की कोशिश करूंगा।"

"फिर भईया तुम बड़े ऑफिसर कैसे बनोगे?"

"बहन, मैं पढूंगा भी और नौकरी भी करूंगा। चंचल, तुम्हें मेरे भविष्य की कितनी चिन्ता है और एक मामा हैं जिन्हें ....।"

रास्ते में एक जीप की लाइट दिखायी दी। जीप के पास आने पर मालूम हुआ कि वह पुलिस की जीप है। जीप रूकी और उसमें से एक पुलिस ऑफिसर निकला और बोला, "इस समय तुम लोग कहाँ जा रहे हो?"

भूषण ने पुलिस अधिकारी को सम्पूर्ण वृतान्त सुना दिया।

यह सुनकर पुलिस ऑफिसर को बहुत दुःख हुआ और दुःख से उसकी आंखें गीली हो गयी।

पुलिस अधिकारी ने उन तीनों को अपनी जीप में बैठने के लिये कहा।

भूषण की मम्मी ने कहा "भाई साहब! अब हम वहाँ जाना नहीं चाहते क्योंकि उन्होंने हमें बेइज्जत करके घर से निकाल दिया है।"

"आपने मुझे भाई साहब कहा, अब तो मेरे कन्धों पर भाई की जिम्मेदारी भी आ गयी है। बहन, इन्सपेक्टर खान को तुमने भाई कहा है,

वह तुम्हारे साथ अन्याय नहीं होने देगा। वह तुम्हारा हक तुमको दिलाकर ही रहेगा।''

इंस्पेक्टर खान ने अपनी जीप ब्रहमपुरी में रामलाल जी के यहाँ रोक दी और वह पुलिस अधिकारी रामलाल के मकान के पास गया और चिल्लाकर बोला ''रामलाल, तुम बहुत गिरे हुये इंसान हो। तुम्हें अपनी बहन व भान्जी–भान्जे को घर से निकालते समय जरा भी दया नहीं आयी। अरे खुदा के बन्दे, खुदा से डर। तुम्हें उसके सामने खड़े होकर अपने हर पाप का जवाब देना होगा। तुम मुझे जानते होगे मैं तुम्हारे इलाके का थाना इंचार्ज इंस्पेक्टर खान हूँ... मैं तुम्हें यह अन्याय नहीं करने दूंगा।''

रामलाल डर गये और खिसयाते हुये बोले ''आइये, आईये दारोगा साहब, बैठिये! अरे कोई दरोगा साहब के लिये बैठने के लिये कुर्सी लाओ।''

''नहीं, नहीं रामलाल जी, इसकी आवश्यकता नहीं है।''

तभी रामलाल अन्दर गये और उन्होंने एक नोटों की गड्डी इंस्पेक्टर खान के सामने डाल दी।

''तुम हमें रिश्वत देकर खरीदना चाहते हो रामलाल!''

रामलाल ने कहा ''दारोगा साहब! यह रिश्वत नहीं, यह बख्शीश है।''

''रामलाल, तुम बहुत गन्दे इंसान हो, अपने भान्जे–भान्जी और बहन की देखभाल नहीं कर सकते और मुझे पांच हजार रूपये की बख्शीश देना चाहते हो। मैं यह रिश्वत नहीं ले सकता क्योंकि मुझे भी खुदा के सामने अपने हर पाप का जवाब देना होगा! और तुम ये रूपये रख लो और इनसे अपनी बहन, भान्जी व भान्जे की देखभाल करना। मत भूलना लक्ष्मी बहन ने मुझे भाई साहब कहा है। आज से वह मेरी बहन भी हैं।''

''दरोगा साहब, मुझे अपनी बहन व भान्जी, भान्जे बुरे थोड़े ही लगते हैं। लेकिन भान्जे ने एक चुभती बात कह दी जिससे मुझे गुस्सा आ गया और मैंने ....।''

रामलाल जीप के पास गया और उसने अपनी बहन व भान्जी को जीप से उतार लिया और भूषण को उतरने के लिये कहा। भूषण ने कहा, "मामा जी! अब मैं कुछ बनने के बाद ही घर पर आऊंगा।"

"इसे रहने दो रामलाल अगर इसकी इच्छा नहीं है। ये मेरे पास रहेगा। मैं ही इसे पढ़ाऊँगा।"

रास्ते में भूषण ने कहा "खान अंकल जीप रोकना!" और खान अंकल ने जीप रोक दी। "खान अंकल, अब मैं जा रहा हूँ। तुम्हें खुदा का वास्ता है। मुझे मत रोकना, मैं आपका बहुत एहसानमंद हूँ। आपने मेरी मुख्य समस्या हल कर दी और बस आप मम्मी और चंचल का ध्यान रखना। उन्हें कोई तकलीफ ना हो। खान अंकल! मैं अपने साये में अपना रास्ता खुद बनाऊँगा और फिर तुम्हारा प्यार भरा हाथ जो मेरे सर पर है। अगर कोई परेशानी होगी तो तुम्हें अवश्य याद करूँगा।"

"खुदा का वास्ता देकर तुमने हमें रोक दिया है भूषण बेटा। जाओ मैं खुदा से तुम्हारी सलामती की दुआ मांगता रहूंगा।"

भूषण तेज वेग से चला जा रहा था, आज उसके पैरो में दृढ़ता थी। ऐसा लगता था मानो वह अपनी मंजिल पाने वाला हो। वह सोच रहा था जिस दिन से मैंने घर छोड़ा है उस दिन से मैंने क्या–क्या परेशानियां नहीं उठायी। आज मेरी किस्मत का फैसला होने वाला है और भूषण अपने मकान के दरवाजे के पास खड़ा हो गया। उसने दरवाजा खोला और उसके अन्दर प्रविष्ट हो गया। उसकी निगाहें अब दरवाजे की तरफ लगी थी। शायद उसे किसी का इंतजार था। तभी किसी ने दरवाजा खटखटाया। शायद वह आ गया जिसका उसे इंतजार था। बाहर से आवाज आयी "पोस्टमैन!"

भूषण बड़ी फुर्ती से उठा और उसने दरवाजा खोला। पोस्टमैन ने पूछा "भूषण, आपका नाम है?"

"हाँ, हाँ भूषण मेरा ही नाम है।" और भूषण ने एक लिफाफा पोस्टमैन के हाथ से ले लिया और जल्द ही उसे खोला और वह जोर से चिल्ला उठा "पोस्टमैन! मैं डी.एस.पी. बन गया हूँ।"

पोस्टमैन भूषण को मुबारकबाद देकर चला गया।

भूषण ने अपने डी.एस.पी. बनने की सूचना मामा के यहाँ व खान चाचा को भेज दी और टेलीग्राम में यह भी लिखा कि मैं जल्द ही ट्रेनिंग के लिये जा रहा हूँ।

रामलाल जी ने जब यह समाचार सुना तो एकदम उन्हें धक्का सा लगा और फिर चिल्ला उठे "लक्ष्मी बहन! सुनो, अपना भूषण डी.एस.पी. बन गया है।" भूषण की बहन चंचल व मम्मी लक्ष्मी की आंखें खुशी से गीली हो गयीं।

रामलाल जी का दुकान का समय हो रहा था और वह दुकान जाने लगे। रास्ते में उनकी मीनाक्षी व मीनाक्षी के पापा श्यामलाल से मुलाकात हो गयी।

पहले दोनों तरफ से सलाम हुई और फिर रामलाल जी ने तनकर कहा, "श्यामलाल जी! मेरा भान्जा भूषण डी.एस.पी. बन गया है।"

श्यामलाल जी ने उत्तर दिया, "यह तो बहुत खुशी की बात है।" यह कहकर श्यामलाल जी चले गये। मीनाक्षी ने अपने पापा से बोला "पापा! उस जमाने के रामलाल अंकल में तथा इस जमाने के रामलाल अंकल में कितना फर्क है।"

"हाँ बेटी ये जमाना बुरे समय में साथ छोड़ देता है, अपने पराये बन जाते हैं और अनुकूल समय आने पर पराये भी अपने बन जाते हैं।"

मीनाक्षी के पापा श्यामलाल जी भूषण से बहुत खुश थे और भूषण के साथ अपनी बेटी मीनाक्षी का रिश्ता करना चाहते थे। रामलाल के माध्यम से रिश्ता तय हो गया और शादी की तारीख भी निश्चित हो गयी। धीरे–धीरे विवाह की तारीख भी आ गयी और शादी हो गयी। श्यामलाल जी ने अपनी बेटी मीनाक्षी की शादी में लाखों रूपया खर्च किया।

दो उप.नि. आपस में वार्तालाप कर रहे थे। इनमें से एक ने कहा, ''सामने जो बंगला है, यह डी.एस.पी. भूषण का बंगला है।''

''हाँ दोस्त, वह बड़ा रॉयल ऑफिसर है। और अभी–अभी शादी करके आया है और उसकी मेम साहब डबल एम.ए. है। उनके परिवार में वह स्वयं, उनकी पत्नी तथा एक बहन व माँ है। बस छोटा सा परिवार है।''

मीनाक्षी बोली ''आज मुझे मार्केट से कुछ शॉपिंग करनी है। क्या आप मार्केट चलोगे?''

''नहीं–नहीं मीनाक्षी, मुझे कुछ आवश्यक कार्य से जाना है। मैं मार्केट नहीं जा पाऊँगा। तुम चंचल को ले जाना।'' फिर भूषण ने हजार रूपये का नोट चंचल को देते हुये कहा ''चंचल! लो पैसे और अपनी भाभी के साथ मार्केट चली जाना।''

''नहीं–नहीं भईया, आप यह पैसे भाभी को दे दीजिये!''

''कैसी बात करती है पगली!'' भूषण ने नोट बाई फोर्स चंचल को दे दिया। मीनाक्षी यह बर्दाश्त न कर सकी और जलकर राख हो गयी। उसके मन में चंचल के प्रति कुछ जलन सी हो गयी।

मीनाक्षी मार्केट गयी तो हजारों का सामान उधार ले आयी क्योंकि जब उसने बताया कि वह मिसेज भूषण है तो दुकानदार ने कहा ''मिसेज भूषण! आज जितना चाहे उतना सामान ले जाइये, पैसे बाद में आ जायेंगे।''

मीनाक्षी सारा सामान लेकर घर पहुंची तो मीनाक्षी की सास लक्ष्मी ने कहा ''बेटा इतना सामान क्यों ले आयी हो?''

मीनाक्षी ने गुस्से से जवाब दिया ''आपको अपने बेटे की शादी किसी गरीब से करनी चाहिए थी।''

''मम्मी, तुम चुप रहो। तुम क्यों कुछ कहती हो? भईया जाने और भाभी जाने। भाभी चाहे दस हजार का सामान खरीदकर लाये, तुम्हें क्या परेशानी! भईया को अगर परेशानी हो तो वह खुद समझायेंगे।''

भूषण को आज तनख्वाह मिली थी और उसने वह रूपये रखने के लिये चंचल को दे दिये। मीनाक्षी यह देख रही थी। यह देखकर उसके तन–बदन में आग लग गई।

भूषण ने मीनाक्षी से पूछा ''मीनाक्षी ये सामान किसका है?''

मीनाक्षी ने तुनकर कहा ''हमारा ही है, और किसका है।''

''बाजार से उधार लायी हूँ और कोई ज्यादा रूपये का थोड़े ही लायी हूँ, सिर्फ 10,000 रूपये का ही तो है।''

मीनाक्षी तुमने हद कर दी और तुमने एक महीने में 10,000 रूपये की शॉपिंग कर ली। इस तरह घर कैसे चलेगा?''

मिसेज भार्गव कह रही थी कि हमारे साहब तो महीने में काफी ऊपर की कमाई कर लेते हैं।''

''तो क्या तुम चाहती हो मैं रिश्वत लूं? अपने आपको बेच डालूं, अपनी आत्मा को बेच डालूं। नहीं नहीं मीनाक्षी मुझसे यह सब नहीं होगा।''

मीनाक्षी ने घर में कलह करनी शुरू कर दी। यहाँ तक कि परिवार वालों का जीना मुश्किल हो गया। कोई दिन ऐसा नहीं जाता था जब आपस में वाद–विवाद ना होता हो। भूषण की पत्नी मीनाक्षी ने भूषण को खुशी के बदले में गम दिये और वह गम भूषण को खाते चले गये।

एक दिन भूषण अपने पुलिस कार्यालय में बैठा कुछ फाइल देख रहा था। इतने में सिपाही आया और सैल्यूट मारकर बोला ''सर! इंस्पेक्टर खान आपसे मिलना चाहते हैं।''

भूषण ने उत्तर दिया ''उन्हें आदर सहित अन्दर ले लाओ।''

इंस्पेक्टर खान ने ऑफिस में प्रवेश किया और उनका हाथ सैल्यूट करने के लिये उठा।

''नहीं, नहीं खान चाचा, मैं तो आपका बच्चा हूँ। मैं जो भी हूँ, आपके आशीर्वाद से हूँ।''

इंस्पेक्टर खान ने उत्तर दिया, ''मैं इस समय अपने उच्च अधिकारी को सम्मान दे रहा हूँ।''

"खान चाचा, बच्चे, बच्चे ही रहते हैं चाहे वह कितने बड़े क्यों ना बन जाएं।"

"और भूषण कैसे हो?"

"बस अच्छा हूँ खान चाचा!" यह कहकर भूषण उदास हो गया।

"तुम उदास क्यों हो गये भूषण?"

"खान चाचा! मुझे पत्नी ठीक नहीं मिली। उसने मेरा जीवन नर्क बना दिया। बकाया सब ठीक है।"

"भूषण! ये सब संयोग की बात है। पति–पत्नी संयोग से ही मिलते हैं। तुम्हारी किस्मत में यह लिखा था लेकिन तुम हिम्मत मत हारना। कुछ लोग कहते हैं औरत का मनुष्य के जीवन में कोई महत्व नहीं है लेकिन मैं इस विचार से सहमत नहीं हूँ। औरत आदमी के जीवन को जहाँ स्वर्ग बना देती है वहाँ उसे नर्क बनाने में देर नहीं लगती।"

"खान चाचा! एक बात मेरी समझ में नहीं आती।"

"क्या भूषण बेटे?"

आदमी आजकल के जमाने में शराफत, ईमानदारी से जीना चाहे तो उसे समाज जीने नहीं देता। इस जमाने में सच्चे ईमानदार अधिकारियों व कर्मचारियों के बजाय रिश्वतखोर, चमचागीर अधिकारियों व कर्मचारियों की ज्यादा.......। मैं अपने विभाग में किसी से कुछ नहीं कहता। लेकिन मेरे विभाग के अधिकतर ऑफिसर मुझसे ईर्ष्या करते हैं। लेकिन मैं सभी को प्यार की दृष्टि से देखता हूँ। कई बार मेरे बराबर वाले ऑफिसर ने मुझे फंसाने की कोशिश की। लेकिन किस्मत अच्छी थी जो मैं बच गया। यह लोग मुझे हर समय फंसाने की सोचते रहते हैं क्योंकि मेरे यहाँ पोस्टिंग होने से उनके रंग में भंग हो गया।"

"हाँ भूषण, आजकल सभी ने अपनी आत्मा, धर्म, ईमान को पैसे की चकाचौंध के आगे गिरवी रख दिया है।" उसके बाद इन्सपेक्टर खान चले जाते हैं।

"साहब कुछ लोग आपसे मिलना चाहते हैं।" सन्तरी ने कहा।

"उन्हें अन्दर भेज दीजिये।"

"नमस्ते मामाजी!"

''नमस्ते भूषण बेटे।''

''बताइये मामा जी! मैं आपकी क्या सेवा कर सकता हूँ?''

''बेटा, कल जो तुम्हारे इलाके में कत्ल हुआ था, उसमें कुछ लोगों ने तुम्हारे मामा, मेरे सगे साले भजनलाल को ईर्ष्या में फंसा दिया है। और बेटा तेरे मामा की जिन्दगी तेरे हाथ में है।''

''लेकिन मामा जी! उस केस में तो साफ–साफ लगता है कि भजनलाल मामाजी का इस केस में हाथ है।''

''अरे भूषण बेटा, थोड़ा बहुत हाथ होगा तो क्या है, तू जो इतनी बड़ी कुर्सी पर बैठा है। और तेरा मामा कह रह था कि अगर भूषण ने मुझे बचा लिया तो दिल्ली वाला मकान भान्जे को दान कर दूंगा।''

''मामा जी! यहाँ मकान लेकर और पैसे लेकर किसी के जीवन का फैसला नहीं किया जाता। मामाजी! अगर केस में भजनलाल मामाजी का हाथ होगा तो उन्हें कोई भी नहीं बचा सकता, अगर वे निर्दोष हुए तो मैं उनका बाल बाँका नहीं होने दूंगा। मामाजी! मुझे बहुत दुःख है कि मैं आप लोगों की मदद नहीं कर सकता।''

कुछ समय बाद एक बुढ़िया उनसे मिलने के लिये आयी।

डी.एस.पी. ने पूछा ''बताइये माता जी क्या परेशानी है?''

यह सुनकर बुढ़िया फुट–फुट कर रोने लगी।

''बताइये तो माताजी क्या बात है? आप क्यों रो रही हैं?''

''नहीं, नहीं, मैं कुछ नहीं बताऊंगी वर्ना वह मेरे बेटे की तरह मुझे भी मार देंगे।''

''क्या आप अब्राहम की माँ हो?''

''हां साहब, मैं अब्राहम की ही माँ हूँ।''

''आप मुझे सही–सही सारी बातें बताइये और यहाँ किसी से डरने की आवश्यकता नहीं है।''

''साहब! भजनलाल ने गुण्डों से मेरे बेटे को मरवा दिया है और अब कहता है कि जो तूने मेरे खिलाफ कुछ भी कहा तो तुझे भी नहीं

छोड़ेंगे। साहब! कुछ लोग कह रहे थे कि भजनलाल धनाढ्य आदमी है... ऊपर वालों को खरीद लेगा और उसे कुछ नहीं होगा।''

''नहीं, नहीं माता जी! मैं ऐसा नहीं होने दूंगा। भजनलाल जी को अपने किये की सजा मिलेगी और अवश्य मिलेगी और आप तनिक भी चिन्ता मत कीजिए... मैं आपकी सुरक्षा की व्यवस्था भी कर देता हूँ।''

''माता जी! भजनलाल के पैसे तो मुझे नहीं खरीद सके लेकिन आपकी सच्चाई और सादगी ने मुझे खरीद लिया है।''

तभी टेलीफोन की घंटी बजी।

''डी.एस.पी. भूषण।''

''एस.पी. खुराना, भूषण!''

भूषण ने उत्तर दिया ''गुड मार्निग सर!''

''गुड मार्निंग भूषण, कल जो तुम्हारे इलाके में अब्राहम नाम के व्यक्ति का कत्ल हुआ है, उसमें कुछ लोगों ने ईर्ष्या से भजनलाल जी को फंसा दिया है। वो अपने मिलने वाले आदमी हैं, उन्हें जरा.................।''

''सर, सभी सबूत भजनलाल जी को दोषी ठहराते हैं। और रही मिलने–जुलने वाली बात तो महोदय वे मेरे मामाजी लगते हैं।''

''क्या... तुम्हारे मामा लगते हैं फिर भी तुम ....।''

एस.पी. के पैरों की धरती खिसक गई।

''आई.एम.वेरी सॉरी सर!''

यह सुनकर एस.पी. खुराना ने टेलीफोन का कनेक्शन काट दिया।

मीनाक्षी का दिमाग चढ़ता गया और भूषण का जीवन नर्क बनता चला गया। मीनाक्षी ने भूषण का खाना–पीना, जीना हराम कर दिया। यहाँ तक कि दोनों के दिलों में दरार पड़ी और दरार बढ़ती चली गई। स्थिति ऐसी आ गई कि दोनों एक–दूसरे से अलग होते चले गये। मीनाक्षी लड़कर अपने पापा श्यामलाल जी के यहाँ चली गयी। औरत की जिन्दगी कटी पंतग की तरह होती है। जब मीनाक्षी अपने मायके पहुंची तो जितने लोग उतनी तरह की बातें होने लगी। मायके में भी उसका जीना हराम हो गया। कोई कुछ पूछता और कोई कुछ पूछता। अब उसे धीरे–धीरे अपनी

गलतियों का एहसास होने लगा था। एक दिन उसके सम्पर्क में उसकी एक सहेली आयी और उस सहेली की बात सुनकर मीनाक्षी का दिल–दिमाग सब कुछ बदल गया। उस सहेली ने कहा, "मेरे ससुराल वाले बहुत धनी लोग हैं। लेकिन सब के सब शराब पीते हैं। उस परिवार में देवर भाभी की कोई इज्जत नहीं करता, बेटा बाप की इज्जत नहीं करता है। पति पत्नी को मशीन से ज्यादा कुछ नहीं समझता। ऐसे भी दौलत से क्या फायदा! अपना छोटा–सा घर हो और अपना पते इतना कमाता हो कि अपने परिवार को पाल सके। और परिवार में सब एक–दूसरे की इज्जत करें तथा प्यार करें।"

अब मीनाक्षी का दिल–दिमाग सब कुछ ठीक हो गया और वह अपनी गलतियों पर पश्चाताप के आंसू बहाने लगी।

भूषण अपने बंगले में बैठा था। उसके पास उसकी बहन चंचल व मम्मी लक्ष्मी भी बैठी थी। चंचल कह रही थी "भईया हमें सब कुछ मिल गया। अगर भाभी भी अच्छी मिल जाती तो हम कितने किस्मत वाले होते।"

भूषण ने उत्तर दिया, "चंचल! हर मनुष्य को जीवन में सब कुछ नहीं मिलता। कोई ना कोई अभाव मनुष्य के जीवन में हर समय रहता है। ऐसे बिरले ही मनुष्य होते हैं, जिन्हें सब कुछ मिलता है।"

अचानक बंगले में मीनाक्षी ने प्रवेश किया। आज वह बदली–बदली नज़र आ रही थी। उसने सबसे पहले अपनी सास के पैर छुए, फिर भूषण के पैर छुए और फिर ननद के पैर छुए और हाथ जोड़कर बोली "मुझे अपनी गलतियों का एहसास हो गया है जिसका मुझे बहुत दुःख है। मेरी दोस्त ने मेरी आँखें खोल दी। शादी के बाद औरत की इज्जत अपने घर ससुराल में है। शादी के बाद माता–पिता के यहाँ लम्बे समय तक रहने पर लोग तरह–तरह की शंका करते तथा सवाल करते हैं। लोग ऐसे सवाल करते है कि................। अब मैं अपने घर वापस आ गयी हूँ। आशा है आप लोग मुझे क्षमा कर देंगे।" मीनाक्षी की सास लक्ष्मी ने कहा "बेटा! हम लोग तो कब से पलकें बिछाये तुम्हारा इन्तजार कर रहे हैं? अगर घर की लक्ष्मी घर में नहीं होगी तो चैन कहाँ से आयेगा।"

वह घर, जिसमें कल उदासियां छायी हुई थी, आज उस घर में खुशियां गूँजने लगीं।

स्वामी

"वर्मा साहब, वर्मा साहब!"

आर.के. वर्मा अपने बंगले से बाहर निकले और बोले, "आईये–आईये सिरोही साहब!"

आर.के. वर्मा सिरोही साहब को सम्मान सहित बंगले के अन्दर ले गये और आर.के. वर्मा ने सिरोही साहब का परिचय अपने परिवार के सदस्यों से कराते हुये कहा "ये मेरी मम्मी, ये मेरी पत्नी इन्दु तथा ये मेरी बहन कंचन है" और इन्दु और कंचन ने उनका अभिवादन किया। फिर आर.के. वर्मा ने सिरोही साहब का परिचय कराते हुये कहा कि ये हैं मेरे अजीज दोस्त प्रदीप कुमार सिरोही, रिजर्व बैंक में एकाउन्ट ऑफिसर हैं। इसके बाद चाय का दौर चला और काफी देर तक चलता रहा। उसके बाद सिरोही साहब फिर आने का वायदा देकर चले गये।

इन्दु ने आर.के. वर्मा को बताया "मेरी सहेली पूनम की ननद यहीं रहती है और मेरी सहेली यहाँ आयी हुई है। उसने पत्र द्वारा हमें सूचित किया है कि कल दिनांक 15 जून को वह अपने नन्दोई व ननद के साथ हमारे यहाँ आएगी, उसके पति इसीलिये नहीं आ रहे हैं क्योंकि वे बिजनेस के कार्य से बाहर गये हुये हैं।"

अगले रोज शाम को पूनम अपने नन्दोई व ननद के साथ आर.के. वर्मा के पास आयी और आर.के. वर्मा तथा इन्दु वर्मा उन्हें सम्मान सहित बंगले के अन्दर ले गये।

परिचय कराया पूनम ने "ये है मेरी सहेली इन्दु और ये हैं हमारे जीजा जी एस.डी.एम. आर.के. वर्मा और ये हैं इनकी बहन कंचन और अपने ननद व नन्दोई का परिचय कराते हुये कहा ये हैं हमारे नन्दोई प्रोफेसर धर्मपाल सिंह और ये हैं मेरी नन्द कुसुमलता।"

एस.डी.एम. आर.के. वर्मा ने प्रोफेसर धर्मपाल से हाथ मिलाते हुये कहा, "बड़ी प्रसन्नता हुयी आपसे मिलकर!" और फिर काफी देर तक कॉफी वगैरह का सिलसिला चलता रहा और इसके बाद प्रोफेसर धर्मपाल सिंह अपनी धर्मपत्नी कुसुमलता व सलज पूनम सहित अपनी कोठी वापस

लौट आये। मिसेज धर्मपाल सिंह तो आर.के. वर्मा की बहन कंचन की बड़ाई करते–करते नहीं थक रही थी और कह रही थी "जिस घर में जायेगी उजाला कर देगी।"

एक दिन आर.के. वर्मा ने इन्दु से कहा, "तुम्हारा प्रदीप कुमार सिरोही के बारे में क्या ख्याल है?"

इन्दु ने उत्तर दिया, "मैं आपका अभिप्राय समझी नहीं!"

आर.के. वर्मा ने कहा, "मेरा अभिप्राय था कि प्रदीप हमारी कंचन के लिये कैसा रहेगा।"

इन्दु बोली "मुझे प्रदीप बहुत पसन्द आया। लेकिन हमें अपनी कंचन से पूछ लेना चाहिये।"

धीरे–धीरे प्रदीप कुमार सिरोही वर्मा परिवार में बहुत घुल–मिल गया। लेकिन कंचन उसके बारे में बात नहीं करती थी।

एक दिन आर.के. वर्मा ने प्रदीप से कंचन के रिश्ते के बारे में पूछा और प्रदीप ने यह प्रस्ताव सहज ही स्वीकार कर लिया तथा प्रदीप के घर वालों को भी कंचन पसन्द आ गयी।

एक दिन इन्दु ने मजाक में कंचन से प्रदीप के बारे में कुछ बोल दिया। फिर क्या था कि कंचन एकदम चिढ़ गयी।

शाम को जब आर.के. वर्मा घर आये तो वह बोली "भईया! घर में चुपके–चुपके क्या हो रहा है मुझे कुछ मालूम ही नहीं है। भईया, मैं आपको स्पष्ट बता रही हूँ कि मैं किसी ऐसे व्यक्ति के साथ शादी नहीं करूंगी जो शादी से पहले मेरे घर आता हो ताकि लोग यह ना कहें कि वर्मा जी की बहन ने अपनी मर्जी से शादी की है। मैं चाहती हूँ कि मेरी शादी ऐसी जगह से हो जो मुझे न जानता हो और ना मैं उसे जानती हूँ।"

कंचन की बात आर.के. वर्मा को अच्छी नहीं लगी और वे कंचन से कुछ नाराज से रहने लगे।

एक दिन आर.के.वर्मा को बाजार में प्रोफेसर धर्मपाल सिंह व मिसेज धर्मपाल सिंह शॉपिंग करते हुये मिले।

आर.के.वर्मा ने अपनी बहन कंचन के लिये किसी योग्य लड़के की पेशकश प्रोफेसर धर्मपाल सिंह से की।

प्रोफेसर ने उत्तर दिया "एस.डी.एम. साहब! मेरा छोटा भाई बम्बई में डॉक्टर है। उसका नाम देवेन्द्र पाल सिंह है। अगर आप उचित समझे तो............!"

आर.के.वर्मा प्रोफेसर के भाई डॉक्टर देवेन्द्र पाल सिंह के लिये अपनी बहन कंचन का रिश्ता करने को सहमत हो गये।

प्रोफेसर ने अपने भाई को टेलीग्राम देकर बुला लिया और आर.के. वर्मा को डॉक्टर देवेन्द्र पाल सिंह पसन्द आ गये और डॉक्टर देवेन्द्र पाल सिंह व कंचन का रिश्ता पक्का हो गया तथा तारीख भी निश्चित हो गयी। धीरे–धीरे वह शुभ दिन भी आ गया। एस.डी.एम. आर.के.वर्मा ने अपनी बहन कंचन की शादी बड़ी धुमधाम से की और खूब दिल खोलकर पैसा लगाया और कंचन विदा होकर अपने ससुराल चली गयी।

इन्दु ने आर.के.वर्मा से कहा "प्रोफेसर व मिसेज प्रोफेसर की आदत अच्छी नहीं है। वे बहुत स्वार्थी हैं।" वर्मा ने इन्दु को डांटते हुये उसकी बात का खण्डन किया जबकि वह स्वयं भी यह बात महसूस कर रहे थे कि प्रोफेसर बहुत स्वार्थी और लालची किस्म का इंसान है।

कंचन को अपने ससुराल में मालूम हुआ कि उसकी जेठानी कुसुमलता का स्वभाव बहुत चिड़चिड़ा है। वह हर समय कुछ न कुछ चिल्लाती रहती थी। कंचन को भी दिन भर ताने मारती रहती और कहती "तेरे भाई ने क्या दिया है?" और कंचन चुपके–चुपके आँसू बहा देती। बेचारी कंचन ने भाई के घर में कुछ काम नहीं किया था लेकिन अब उसे यहाँ काफी काम करना पड़ता था। कंचन यह भी समझ गयी कि उसके पति की आदतें ठीक नहीं है। कंचन ने अपने ससुराल के बारे में किसी को कुछ नहीं बताया, यहाँ तक कि अपने भाई आर.के.वर्मा को भी नहीं बताया।

आज डॉक्टर देवेन्द्र पाल सिंह कंचन को लेकर मुम्बई जा रहे थे। प्रोफेसर परिवार के सभी सदस्य तथा वर्मा परिवार के सभी सदस्य उन्हें स्टेशन तक छोड़ने जाने वाले थे। आर.के.वर्मा को यह जानकर बहुत दुःख हुआ कि प्रोफेसर धर्मपाल सिंह ने अपने भाई डॉक्टर देवेन्द्र पाल सिंह को उसकी शादी का कुछ सामान भी नहीं दिया।

रास्ते में कंचन ने कुछ तस्वीर वगैरह खरीदी और अपने पति को पैसा देने को बोला।

देवेन्द्र पाल सिंह ने कहा "मेरे पास तो पैसे नहीं हैं। मुझसे तो भाई साहब ने ले लिये।" यह जानकर कंचन को बहुत दुःख हुआ और पैसे उसी ने दे दिये। सफर में जो चीज खरीदी गयी या खायी गयी, सबका बिल कंचन ने दिया। ट्रेन अपनी रफ्तार से चल रही थी और बातों ही बातों में बम्बई सेंट्रल स्टेशन आ गया। स्टेशन से टैक्सी द्वारा कंचन व देवेन्द्र पाल सिंह अपने क्वार्टर पहुंचे।

क्वार्टर पहुंचते ही कंचन के पैरों की जमीन खिसक गयी। एक बहुत छोटा सा कमरा था और उसके दरवाजे पर 'कम्पाउन्डर देवेन्द्र पाल सिंह' की नेम प्लेट लगी थी। और जो कुछ भ्रम था वह उस समय दूर हो गया जब एक पड़ोसी ने पूछा "कम्पाउन्डर साहब! कर आये शादी!"

कंचन का दिमाग चकराने लगा, कहाँ डाक्टर और कहाँ कम्पाउन्डर! कमरे में सामान ना के बराबर था। बस एक चारपाई थी, ना कोई बर्तन, ना कोई टेबुल, ना कोई चेयर थी। कमरा भी इतना गंदा था कि भला इंसान उसमें एक मिनट ठहरना पसन्द न करता। औरत बहुत बेबस होती है और उस समय तो वह बहुत बेबस होती है जब उसे पति ठीक न मिले! मेरे कहने का मतलब यह नहीं है कि यह बात सब औरतों पर लागू होती है। लेकिन उन औरतों पर अवश्य लागू होती है जो अच्छे घराने की होती हैं और जिन्हें अपने खानदान की इज्जत प्यारी होती है।

कंचन रोयी, तड़पी और बेहोश हो गयी लेकिन यहाँ उसकी सुनने वाला कौन था! एक देवेन्द्र पाल थे तो उनका तो क्वार्टर में दिल ही नहीं लगता था।

शाम को कंचन देवेन्द्र पाल सिंह के साथ मार्केट गयी और घर का जरूरी सामान खरीद लायी।

कुछ आवश्यक काम बताकर कम्पाउन्डर महोदय फिर गायब हो गये और रात को जब घर लौटे तो बुरी तरह शराब के नशे में धुत थे और आकर कंचन को डांटने लगे। कंचन ने खाना खाने के लिये कहा तो उन्होंने धक्का मारकर खाना गिरा दिया। कंचन ने कहा, "ये क्या बदतमीजी है!" देवेन्द्र पाल अपनी पत्नी पर चिल्ला उठे "तू हमें तमीज सिखायेगी। तेरा भाई एस.डी.एम. होगा तो तेरे लिये होगा, मेरे लिये कुछ

नहीं है।" और देवेन्द्र पाल सिंह खाना खाये बिना, जूते पहने खाट पर लम्बे हो गये।

उस समय कंचन के दिल पर क्या गुजरी, उसको बयान नहीं किया जा सकता। कंचन के मन में अब तरह–तरह के विचार आने लगे कि मैं ऐसे मनुष्य के साथ कैसे जीवन काटूंगी। ऐसे पति से तो विधवा होना अच्छा है। कंचन के मन में विचार आया कि भाई को खबर कर दूँ और कह दूँ कि हमारे साथ धोखा हुआ है। यही सब विचार उसके दिमाग में पिक्चर की रील की तरह घूम रहे थे। अचानक उसके मन में एक विचार आया अगर मैं इन्हें तलाक देती हूँ तो दूसरा कोई पति भी मुझे सुख नहीं दे पायेगा। और अगर भईया को बुलाती हूँ तो उन्हें दुःख होगा और मेरे घर की बदनामी होगी। इसमें किसी को क्या दोष देना... सब अपनी किस्मत की बात है। लेकिन मैं भी हार नहीं मानूंगी, उन्हें संभालूंगी.. . उन्हें एक अच्छा इंसान बनाने की कोशिश करूँगी। एक अच्छे इंसान के साथ सभी जीवन काट लेते हैं लेकिन तारीफ की बात तो तब है जब एक बुरे मनुष्य के साथ जीवन काटा जाये। मेरी ही किस्मत खराब है जो भैया के दोस्त प्रदीप कुमार सिरोही से शादी का प्रस्ताव ठुकरा दिया। उन्हें तो भईया अच्छी तरह जानते थे। यहाँ पर भईया ने बिना पूरी जानकारी के मेरी शादी कर दी।

अगले रोज कंचन को मालूम हुआ कि उसके पति पर दूसरों का कर्ज भी है।

कुछ समय बाद कम्पाउन्डर महोदय को तनख्वाह मिली और उनका होटल व शराब का खर्च तनख्वाह से ज्यादा था और घर के सब खर्च अलग रहे। समय की पुकार के अनुसार कंचन ने बच्चों के ट्यूशन करने शुरू कर दिये। कंचन ने एम.ए. किया था और वह हाई स्कूल, इन्टर के बच्चों को आराम से पढ़ा लेती थी। इससे काफी इनकम हो जाती थी।

लेकिन देवेन्द्र पाल सिंह उससे खुश न था। वह कभी–कभी ड्यूटी जाता और कभी–कभी कई दिन तक ड्यूटी न ही जाता। इससे तनख्वाह भी उसी अनुसार मिलती थी।

एक दिन देवेन्द्र पाल सिंह शराब पीकर घर आया तो कंचन ने उन्हें समझाने की कोशिश की और कहा "हमारा इस तरह घर कैसे चलेगा? आपके तनख्वाह से ज्यादा खर्चे हैं।"

यह सुनकर देवेन्द्रपाल सिंह का गुस्सा काफूर हो गया। उसने कंचन को खूब मारा जितना वह मार सकता था और फिर उसके गले का हार जबरदस्ती छिनकर ले गया कि इसे बेचकर लोगों का कर्ज चुका पाऊँगा। देवेन्द्र पाल सिंह ने उसे बेच कर कुछ पैसों की शराब पी ली, फिर बचे हुये रूपये या तो कहीं गिर गये या फिर किसी ने निकाल लिये। हार भी चला गया और कर्ज भी नहीं चुका।

अगले रोज कंचन ने अपने कुछ जेवर बेचकर बाहर वालों का पैसा दे दिया। इससे तो देवेन्द्र पाल सिंह के पौवारे पच्चीस हो गये। उसका खर्च और बढ़ गया।

देवेन्द्र पाल सिंह के क्वार्टर के पास में ही एक पुलिस के उप.नि. रहते थे। उसका नाम रामकुमार शर्मा था। प्रवृति से बड़े सीधे व्यक्ति थे।

जब देवेन्द्र पाल सिंह कंचन को मारते–पीटते तो उन्हें बहुत बुरा लगता था। जिस रात देवेन्द्र पाल सिंह ने कंचन को मारा था और हार ले गया था, वह सब बातें रामकुमार शर्मा को मालूम हो गयी तो उन्होंने सुबह देवेन्द्र सिंह का दरवाजा खटखटाया।

देवेन्द्र पाल सिंह ने दरवाजा खोला और बोले "आईये, दरोगा साहब!" दरोगा साहब ने देवेन्द्र पाल के घर में प्रवेश किया और बड़े विनम्र स्वभाव से बोले "कम्पाउन्डर साहब, अगर आप बुरा न माने तो मैं एक बात कहूं!"

"कहिये दरोगा साहब, ऐसी क्या बात है?"

"देवेन्द्रपाल सिंह, आपकी धर्मपत्नी किसी अच्छे घराने की है। आप उन्हें नाजायज परेशान कर रहे हो, वह फिर भी किसी से कुछ नहीं कहती, आपके अत्याचारों को सहती रहती है। ऐसा व्यवहार कब तक चलेगा। देवेन्द्र पाल जी, आप शराब के पीछे अपने जीवन को नष्ट कर रहे हैं, और दुनिया कहाँ से कहाँ पहुंच गयी। इस जमाने में सब दौड़ रहे हैं। मनुष्य के दौड़ने की रफ्तार इतनी तेज है कि उसे कुछ फुर्सत ही नहीं है और आप इस जहर के पीछे दौड़कर अपने जीवन में जहर घोल रहे हैं। मैं आपको डांट या धमका नहीं रहा हूँ, बस एक हमदर्द की तरह समझा रहा हूँ।" फिर यह कह कर शर्मा जी अपने घर जाने लगे।

इतने में ही कंचन चाय लेकर आ गयी और बोली "लीजिये भाई साहब, चाय पीजिये।"

"नहीं–नहीं बहन जी, तकल्लुफ की कोई जरूरत नहीं है।"

"इसमें तकल्लुफ की कोई बात नहीं भाई साहब! हमें तों बम्बई में पहली बार यह आभास हुआ कि यहाँ पर कोई अपना भी हमदर्द है।"

"कैसी बात करती हो कंचन बहन। अगर इंसान इंसान की नहीं सोचेगा या इंसान इंसान के काम नहीं आयेगा तो.......................!"

"मैं काफी देर से देवेन्द्र जी को समझा रहा था। और मेरे लायक कोई सेवा हो तो संकोच न करना, मुझे अपना भाई ही समझना क्योंकि तुम्हें देखकर मुझे अपनी बहन की याद आ जाती है। अगर वह आज होती तो तुम्हारे ही बराबर की होती" और वह कहकर शर्मा जी की आंखों में आँसू आ गये और वह अपने क्वार्टर चले गये।

देवेन्द्र पाल को जीवन में पहली बार थोड़ा अपनी गलतियों का एहसास हुआ।

कंचन ने एक दिन देवेन्द्र पाल से कहा "देखो जी! हमारी स्थिति ठीक नहीं है, आप अपने भाई साहब से कुछ पैसे मंगा लो, बाद में भेज देंगे।"

देवेन्द्र सिंह अपने भाई की आदत जानता था। उसने अपने भाई व साले दोनों के पास पत्र डाल दिये। भाई ने तो पैसे नहीं भेजे लेकिन साले आर.के.वर्मा ने एक हजार रूपये भेज दिये।

इस पर कंचन ने नाराजगी जाहिर की कि आपने पैसे अपने भाई से क्यों नहीं मंगाये? इस पर देवेन्द्र पाल ने कहा "मैनें भईया से पैसे मांगे लेकिन उन्होंने नहीं दिये।"

इस पर देवेन्द्र पाल नाराज होकर ड्यूटी चला गया। वहाँ पर उसे भाई का एक पत्र मिला जिसमें लिखा था– देवेन्द्र! तेरी बड़ी भतीजी रमा की शादी है। तू तो जानता है कि शादी–ब्याह में कितना खर्च होता है। तेरे सिवाय इस दुनिया में हमारा है ही कौन? अगर तू हमारी मदद नहीं करेगा तो कौन करेगा? देवेन्द्र पर इसका रंग चढ़ गया और उसने कर्ज लेकर दस हजार रूपया भाई के पास भेज दिये।

तनख्वाह मिलने पर कंचन को मालूम हुआ कि उन्होंने अपने विभाग से लोन लेकर अपने भाई के पास दस हजार रूपये भेज दिये हैं। इस बारे में देवेन्द्र पाल ने कंचन को कुछ नहीं बताया।

यह जानकर कंचन अपने पति देवेन्द्र पर अपनी नराजगी प्रगट करते हुये बोली "आपके भाई ने हमें पैसे बुरे समय में नहीं दिये और आपने उनको दस हजार रूपया भेज दिया।"

इस पर नशे में धुत देवेन्द्र पाल अपनी पत्नी पर बिगड़ गये और उसे इतना मारा कि वह बेहोश हो गयी थोड़ी देर बाद जब कंचन ने कराहते हुए पानी मांगा तो देवेन्द्र ने जहरीली दवा उसे पिला दी और कहीं चला गया।

कम्पाउण्डर के पड़ोसियों ने कंचन को अस्पताल में भर्ती करा दिया।

जब देवेन्द्र पाल का नशा उतरा तो वह डरा हुआ था कि अगर कंचन ने सच बोल दिया कि उसको उसके पति ने पानी की जगह जहरीली दवा पिला दी है तो वह बच नहीं पायेगा।

हॉस्पीटल में कंचन की तबियत बहुत खराब थी। बचने की कोई उम्मीद नहीं थी। डॉक्टर उसे बचाने की पूरी–पूरी कोशिश कर रहे थे। कम्पाउण्डर देवेन्द्र पाल सिंह उस वार्ड के बाहर खड़े थे जिसमें उनकी धर्मपत्नी कंचन सीरियस हालत में जिन्दगी और मौत से संघर्ष कर रही थी। देवेन्द्र पाल कभी वार्ड के अन्दर आता और कभी वार्ड के बाहर जाता। उसका दिल आज धक–धक कर रहा था। उसकी जिन्दगी अब उसके हाथ में नहीं थी बल्कि उसकी पत्नी कंचन के हाथ में थी। सभी कंचन के होश में आने का इंतजार कर रहे थे।

अचानक कंचन ने करवट बदली और सभी चेहरे खिल गये लेकिन देवेन्द्र का चेहरा स्याह काला हो गया और उसका कलेजा धक–धक करने लगा क्योंकि अब उसकी जिन्दगी का फैसला होने वाला था।

डॉक्टर/पुलिस कंचन का बयान लेने के लिये तैयार थे। डॉक्टर लोग कह रहे थे कि उनके शरीर पर चोट के निशान भी हैं और इनके पेट में जहर भी था।

डॉक्टर ने पूछा "कंचन जी! बताइये कि आपकी कैसी तबियत है।"

कंचन ने उत्तर दिया, "मैं अब कुछ आराम महसूस कर रही हूँ।"

डॉक्टर ने पूछा, "अब आप बताइये कि आपके साथ क्या–क्या गुजरी। आप खुद आत्महत्या करना चाहती थी या आपकी हत्या का प्रयास किया गया। वैसे आपके पड़ोसी कह रहे थे कि आपके पति आपको बहुत मारते–पीटते हैं और शायद उस दिन भी काफी मारा–पीटा था क्योंकि आपके शरीर पर चोट के निशान काफी हैं।

कम्पाउण्डर देवेन्द्र पाल सिंह का दिल धक–धक कर रहा था। उसे ऐसा महसूस हो रहा था कि जैसे उसे फांसी पर चढ़ाया जायेगा।

"नहीं डॉक्टर, आपका कथन बिल्कुल गलत है। मेरे पति तो बहुत अच्छे हैं और मुझे बहुत चाहते हैं, आपको किसी ने गलत सूचना दी है।"

डॉक्टर ने पूछा, "फिर आपके शरीर पर चोट के निशान कैसे हैं और आपके पेट में जहर कैसे पहुंचा?"

"डॉक्टर! मेरी तबियत घबड़ा रही थी और मुझे चक्कर आ रहे थे। मैंने गलती से दूसरी दवाई पी ली, जिससे मैं कई बार फर्श पर गिरी तथा फिर बेहोश हो गयी। उस समय तो मेरे पति घर में भी नहीं थे। इसमें उनका क्या दोष है!"

डॉक्टर ने कहा "कम्पाउण्डर देवेन्द्र पाल सिंह! तुम बहुत भाग्यशाली हो जो तुम्हें ऐसी धर्मपत्नी मिली। केस हमारी साफ समझ में आ रहा है लेकिन तुम्हारी पत्नी ने तुम्हें बचा लिया।" यह कहकर डॉक्टर चले गये।

देवेन्द्र पाल सिंह की आंखों में आंसुओं की धारा बह निकली। इस इंसान ने कभी रोना नहीं सीखा था लेकिन आज उसकी आँखों से आँसू रूक नहीं रहे थे।

कंचन ने कहा "क्या बात है... आपकी तबियत तो ठीक है ना!"

"कंचन! तुम औरत नहीं, देवी हो। मैंने तुम्हारे साथ बहुत बुरा व्यवहार किया। यहाँ तक कि तुम्हारी जान लेने की कोशिश की थी। कभी तुम्हें प्यार की दृष्टि से नहीं देखा। हमेशा तुम्हें ठुकराता रहा, ठोकरें मारता

रहा, आज मुझे मालूम हुआ कि मेरी सबसे बड़ी हमदर्द तू है। मैं आज यह महसूस करता हूँ कि मेरा भाई बहुत स्वार्थी है। मैंने तुम्हें बहुत दुःख दिया है कंचन, मैं आदमी नहीं, राक्षस हूँ। इस दुनिया पर बोझ हूँ, मुझे इस दुनिया में रहने का कोई हक नहीं है।''

''नहीं, नहीं, स्वामी! ऐसा क्यों कहते हैं? आप तो मेरी जिन्दगी हो, आपके बिना इस संसार में मेरा कौन है? औरत का पति ही उसका भगवान होता है। प्रत्येक औरत का यह कर्त्तव्य होता है कि वह अपने पति का उचित सम्मान करे और अगर वह गलत है तो उसे सही रास्ता दिखाये।''

''ओह! मेरी कंचन! तुम कितनी अच्छी हो, तुम्हें पाकर मेरा जीवन सफल हो गया। शायद मैंने अपने पिछले जीवन में कुछ अच्छे कर्म किये होंगे जो तुम जैसी धर्मपत्नी मुझे मिली। तुम्हें पाकर मैं धन्य हो गया हूँ। आज मुझे मालूम हुआ कि औरत इतनी महान भी हो सकती है।'' अब देवेन्द्र पाल सिंह ने शराब पीना बहुत कम कर दिया और अब सही प्रकार से ड्यूटी जाने लगा।

कंचन भी अब खुश रहने लगी और अपने पति को गिरी नज़र से नहीं देखती थी, उनका पूरा ध्यान रखती है। इस बार कम्पाउण्डर देवेन्द्र पाल सिंह पूरी 450 रूपये तनख्वाह लेकर आये तो कंचन को बहुत प्रसन्नता हुई। कंचन कुछ ट्यूशन कर लेती थी और घर का कार्य ठीक चलने लगा।

कुछ समय पश्चात् उनके यहाँ नव शिशु ने जन्म लिया जिसका नाम उन्होंने राजू रखा।

कंचन ने यह महसूस किया कि उसके पति में कॉमन सेंस की कमी है, उन्हें जीवन भर समझाना पड़ेगा, वह किसी बात का बहुत जल्दी विश्वास कर लेते हैं।

कुछ गलत लोगों की गलत सोसाइटी ने उन्हें जुआ खेलना सीखा दिया था। अब फिर घर में अशांति रहने लगी और फिर दोबारा कंचन और देवेन्द्र पाल सिंह का जीवन नर्क बन गया।

इस बार तनख्वाह मिली तो श्रीमान् जी पूरी तनख्वाह जुए में हार गए और घर बोले कि तनख्वाह कहीं गिर गयी है और कंचन ने विश्वास

कर लिया लेकिन ऐसा वो अब अक्सर होने लगा। अन्याय की हद होती है और कंचन अब दुःख बर्दाश्त करते–करते बहुत थक चुकी थी और वह अब अक्सर बीमार रहने लगी। धीरे–धीरे कंचन की तबियत बहुत खराब रहने लगी और अब वह खाट में पड़ गयी। उसे राजू भी बहुत परेशान करता था। एक दिन कंचन ने कहा "स्वामी! अब मेरा आखिरी समय आ गया है। अतः मैं ज्यादा दिन नहीं जीऊँगी।" मैंने अग्नि के सामने जो आपको जीवन भर साथ रहने का और सेवा करने का वचन दिया था, मुझे दुःख है कि मैं अपना वह वचन पूरा न कर सकूंगी।"

कंचन के वार्तालाप ने देवेन्द्र पाल को झंझोर दिया "कंचन! मैं तुम्हारी कसम खाकर कहता हूँ कि आज के बाद शराब और जुआ छोड़ दूंगा। अगर तुम न रही तो मेरा क्या होगा। फिर मैं शराब के नशे में झूमने लगूंगा और हमारे राजू का क्या होगा। कंचन, तुम्हें मेरे लिये नहीं, राजू के लिये जीना होगा।"

देवेन्द्र पाल सिंह के ड्यूटी जाने के बाद कंचन की तबियत बहुत खराब हो गयी। पड़ोसियों ने उसे अस्पताल में भर्ती करा दिया और वह वक्त और परिस्थितियों से संघर्ष करने वाली अब फिर जिंदगी और मौत से संघर्ष करने लगी। आज देवेन्द्र पाल सिंह को तनख्वाह मिली और काफी दिन के बाद पूरी तनख्वाह लेकर वह घर आया था। वह मन में सोच रहा था कि यह जानकर कंचन कितनी खुश होगी। लेकिन जब वह घर पहुंचा तो मालूम हुआ कि पड़ोसियों ने उसे हॉस्पीटल में भर्ती करा दिया है।

राजू माँ के बिना घर में अकेला रो रहा था। आज उसकी आत्मा उसको खाये जा रही थी। उसके दिल के टुकड़े–टुकड़े हो गये। वह अपने किये पर बहुत पछता रहा था। उसकी आत्मा कह रही थी कि जैसे कंचन उसे जीवित नहीं मिलेगी। देवेन्द्र पाल सिंह अस्पताल पहुंचा। डॉक्टरों ने कहा कि इसके बचने के कोई आसार नहीं हैं।

"नहीं डॉक्टर! ऐसा मत कहो! मेरी कंचन को बचा लो डॉक्टर! मैं आपके हाथ जोड़ता हूँ और आपसे उसके प्राणों की भीख मांगता हूँ।"

तभी एक सीनियर डॉक्टर आया और बोला "देवेन्द्र, तुम्हारी पत्नी के बचने के कोई आसार नहीं हैं फिर भी हम ब्लड चढ़ाकर देख लेते हैं। लेकिन समस्या है कंचन के ग्रुप 'ए' का खून ब्लड बैंक में भी नहीं है।"

देवेन्द्र चिल्लाकर बोला "डॉक्टर 'ए' ग्रुप का ब्लड तो मेरा ही है।" डॉक्टरों ने देवेन्द्र का खून कंचन को चढ़ाया और कंचन का जीवन बच गया। धीरे–धीरे वह स्वस्थ होती चली गयी और अस्पताल से अपने घर आ गयी।

जीवन में जिन लोगों के पास खुद का दिमाग नहीं होता तो दूसरों के दिमाग से काम करते हैं। वह जीवन में कभी सफल नहीं होते। उनकी आदत होती है और वे जीवन भर फिसलते रहते हैं। कम्पाउण्डर महोदय पहले से ही फिसले हुये थे लेकिन उनकी धर्मपत्नी कंचन अपनी सूझबूझ का परिचय देते हुये उन्हें सम्भाल लिया। लेकिन देवेन्द्र फिर फिसले और उनकी धर्मपत्नी ने उन्हें सम्भाल लिया। यहाँ तक वह स्वयं भी बीमार रहने लगी। उसके बाद कुछ समय तक कंचन और देवेन्द्र का जीवन ठीक प्रकार चलता रहा। देवेन्द्र कुछ लोगों की बुरी संगत के कारण फिर फिसला और इस बार का उनका फिसलना पहले दोनों शौकों से अलग था। देवेन्द्र पाल अब अड्‌डों पर जाने लगा लेकिन इतना अवश्य था कि वह कंचन का ध्यान रखता था। देवेन्द्र पाल ज्यादा अड्‌डों पर जाने लगा, यहाँ तक कि कंचन और देवेन्द्र का जीवन फिर अस्त–व्यस्त हो गया। धीरे–धीरे उसे कई भयंकर बीमारियां लग गयीं और देवेन्द्र पाल हॉस्पीटल में भर्ती हो गया।

"अरे पगली! तू किसके लिये रोती है... मेरे लिये, मैं तो इस जमीन पर बोझ हूँ। मेरे जैसे कम दिमाग वाले लोगों का जीना बेकार है। मैंने तुझे बहुत दुःख दिये हैं कंचन! मुझे उसकी सजा मिल रही है और मिलेगी भी।"

"नहीं–नहीं स्वामी ऐसा क्यों कहते हो... आपके सिवाय मेरा और राजू का इस दुनिया में कौन है?"

"कंचन! मैं ठीक नहीं होऊंगा क्योंकि मेरी कोई जीने की इच्छा नहीं है। मैं मरना चाहता हूँ, फिर भी मैं यह कहूंगा मेरी तरह जिन लोगों के पास अपना खुद का दिमाग नहीं होता और जो दूसरों के दिमाग से काम करते हैं वे मनुष्य जीवन भर मेरी तरह फिसलते रहते हैं। वे जीवन में कभी सफल नहीं हो पाते।"

डॉक्टरों ने देवेन्द्र का चेकअप किया और कंचन से बोले "मिसेज देवेन्द्र सिंह! हम यह महसूस कर रहे हैं कि देवेन्द्र का ऑपरेशन करना पड़ेगा और इसके लिये बड़े डॉक्टर को बुलाना पड़ेगा। इस पर कम से कम 10,000 हजार रूपया खर्चा आयेगा।

कंचन रात को घर आ गयी और रात भर यह सोचती रही कि किस तरह दस हजार रूपये की व्यवस्था की जा सकती है।

अगले रोज शाम को देवेन्द्र की तबियत बहुत खराब हो गयी और उसके बचने की उम्मीद न रही। डॉक्टर ने कंचन को बताया "इनका ऑपरेशन अभी करना पड़ेगा... हमने बड़े डॉक्टर को फोन कर दिया है। और आप जल्द से जल्द दस हजार रूपये का इंतजाम करके लाइये अगर आपको अपने पति का जीवन बचाना है।"

और कंचन सुस्त पैरों से घर की तरफ जा रही थी यह सोचते हुए कि उसे आज रात दस हजार का इंतजाम करना है। रूपयों का इंतजाम नहीं हुआ तो उसके पति नहीं बच पायेंगे।

अचानक उसके दिल में विचार आया कि अगर मेरे पति न रहे तो इस शरीर का क्या होगा। और अगर मैं शरीर बेचती हूँ तो कम से कम मेरे पति को जीवन तो मिल जायेगा, चाहे मैं रहूं या ना रहूं। मेरी इज्जत पति के जीवन से ज्यादा कीमती नहीं हो सकती। मैं उन्हें जीवन अवश्य दूंगी और उसके बाद अपना जीवन समाप्त कर लूंगी क्योंकि मैं फिर पति के योग्य न रहूंगी। और वह औरत, जो पति के साये से दूर रहना पसन्द नहीं करती थी आज पति के जीवन के लिये अपना ....।

कंचन बहके–बहके कदमों से उस तरफ जा रही थी जहाँ समाज के सफेद भेड़िये औरतों की मजबूरी का फायदा उठाकर उनके जीवन से खेलते थे। कंचन को चक्कर सा आया और वह धम्म से सड़क पर गिर गयी। एक कार आयी और उसे कुचलते हुई निकल गयी।

"एक्सीडेंट! एक्सीडेंट!" जरा देर से भीड़ एकत्र हो गयी और थोड़ी देर में पुलिस आ गयी।

उप. नि. रामकुमार शर्मा एक्सीडेंट का मुआयना करने लगे तो उन्होंने कंचन को पहचान लिया।

कंचन कराहते हुए बोली "भईया! आपने एक दिन कहा था कि मुझे अपना ही समझना बहन। आज मैं आपसे अपने पति के जीवन की भीख मांगती हूँ। रामकुमार भईया! मैं आपके पैर पड़ती हूँ उन्हें बचा लो। उनके ऑपरेशन के लिये दस हजार रूपये की जरूरत है, वे बड़े अस्पताल में भर्ती हैं। मेरे लिये एम्बुलेंस बुलाने की कोई आवश्यकता नहीं है, मेरा अब आखिरी समय आ गया है भईया!" और कंचन का सिर रामकुमार की गोदी में लुढ़क गया।

उप.नि. रामकुमार की जीप अब हॉस्पीटल की तरफ दौड़ रही थी और डॉक्टर कंचन का इंतजार कर रहे थे। रामकुमार ने कहा "आप लोग ऑपरेशन की तैयारी करें, मैं अभी पैसों का इंतजाम करता हूँ।"

उप. नि. रामकुमार शर्मा की मदद से कम्पाउण्डर देवेन्द्र पाल को जीवन मिल गया और अब उसके सब शौक दूर हो गये थे। वह रामकुमार शर्मा की गोदी में सिर रखकर रो रहा था और कह रहा था "अपनी पत्नी की मौत का जिम्मेदार मैं हूँ रामकुमार भईया!"

"देवेन्द्र भाई साहब! जो हो गया, उसे भूल जाओ और चाहते हो कि उसकी आत्मा को शांति मिले तो राजू को जीवन में कभी माँ का अभाव मत होने देना और इसे खुश रखना और पहले की तरह फिसलना नहीं वर्ना इस बच्चे का भविष्य.................. और कंचन भी तुम्हें क्षमा नहीं करेगी।"

कुल कलंक

चौधरी महेन्द्र प्रताप की गिनती इलाके के पुराने रईसों में होती थी। सरकार ने उनसे उनका सब कुछ ले लिया था लेकिन अभी भी उनकी चौधराहट में जरा भी कमी नहीं आयी थी। परिस्थितियों को मध्य नज़र रखते हुये चौधरी साहब के बड़े लड़के ने पुलिस में नौकरी कर ली जो कि उनकी वंश व परम्परा के अनुरूप थी। वे पुलिस में उप–अधीक्षक हैं। उनका नाम चौधरी अजय प्रताप है। एक दिन अजय प्रताप किसी कार्य से पुलिस अधीक्षक कार्यालय गये। उन्होंने सोचा क्यों न नये एस0पी0 साहब से मुलाकात कर ली जाये! डी.एस.पी. अजय प्रताप अनुमति लेकर एस.पी. साहब के कार्यालय में घुस गये और उन्होंने उनके सम्मान में एक ज़ोरदार सैल्यूट पेश किया ताकि एस.पी. साहब खुश हो जाएं।

''चौधरी साहब, आप!''

''यस, सर!''

''देखो, चौधरी साहब! पुलिस स्टाफ के सामने तो आपको, लेकिन अकेले में आपको सैल्यूट करने की आवश्यकता नहीं है। आखिर आप हमारे...............!''

''नहीं, सर! ऐसी कोई बात नहीं है। आप मेरे बड़े अफसर हैं और आपका सम्मान करना मेरा फर्ज है। वैसे भी सैल्यूट व्यक्ति को नहीं बल्कि उसके रैंक को किया जाता है।''

''यह भी ठीक है, चौधरी साहब! वर्दी में आप .... और बिना वर्दी और स्टाफ की अनुपस्थिति में हम आपको .... आखिर आप .... हम मानते हैं कि .... लेकिन हमें यह भी नहीं भूलना चाहिये कि हमारे पूर्वजों का जन्म ....।'' तभी एस.पी. साहब ने अपनी घण्टी बजाई और सिपाही के आने पर उसे चाय लाने को कहा।

धीरे–धीरे दोनों परिवारों में अत्यधिक मेल हो गया। उनका यह मेल दूसरे अफसरों को बहुत अखरता था। इसी कारण कुछ अफसर डी. एस.पी. अजय प्रताप से जलने लगे थे। कहते थे, इसकी तो चांदी है। इसने तो आते ही एस.पी. साहब पर जादू कर दिया। एक दिलजला अफसर, जो एस.पी. साहब की जाति का था, बोला ''मालूम है, आपको!

एस.पी. साहब के पिता चौधरी अजय प्रताप के पिता के खानदानी .... हैं, कुछ न कुछ शर्म तो उनको भी निभानी पड़ेगी।''

संयोगवश, एक बार दोनों को एक साथ छुट्टी मिल गयी। समय मिलने पर एस.पी. साहब उनसे मिलने उनकी हवेली गये। उस समय बाप–बेटा बैठक में बैठे बातें कर रहे थे। तभी एस.पी. साहब ने बड़े चौधरी साहब को हाथ जोड़कर प्रणाम किया। तभी चौधरी अजय प्रताप उनके सम्मान में खड़े हो गये तथा गुड मार्निंग भी किया। बड़े चौधरी साहब सब कुछ देखकर अंजान बने रहे। इसके बाद चाय का दौर चला। आवश्यक कार्य बताकर एस.पी. राजाराम जाटव चले गये।

उनके जाने के बाद चौधरी महेन्द्र प्रताप ने अपने पुत्र चौधरी अजय प्रताप को डांटते हुये कहा, ''अजय! तुम उस..............! (वह अपमानजनक शब्द जो ठाकुर, चौधरी, ब्राह्मण, नीची जातियों खासकर जाटव जाति के लिये प्रयोग करते आ रहे थे) तुम उसके आने पर खड़े क्यों हुये थे और तुमने अंग्रेजी में कुछ बोला था!''

''बाबूजी! वे मेरे बड़े अफसर हैं। मैं उनके सम्मान में खड़ा हुआ था और मैंने उन्हें अंग्रेजी में नमस्कार किया था।''

''अरे, बेवकूफ! बड़े अफसर हैं, तो क्या हुआ, है तो जाटव ही! इसके बाप का जीवन हमारी जूतियां गाठने में बीत गया। उसकी कभी हिम्मत न हुई कि चारपाई या मुढ़े के पास बैठ जाये और तुमने बेटा मेरे खून को भी लजा दिया तथा चौधरी वंश की परम्परा को भी भुला दिया, मैं अब समाज को कैसे मुंह दिखाऊंगा जब उन्हें ....!''

''कैसी बातें करते हो, बाबूजी! अब वक्त बदल चुका है। जिस लाइन पर आप चल रहे हैं, वह वक्त बीत चुका है। दूसरे, एस0पी0 साहब की आपके बेटे पर खास मेहरबानी रहती है। मेरे रैंक के दूसरे अफसरों से तो एस0पी0 साहब सीधे मुंह बात नहीं करते।''

''फिर तो तुम उसके यहाँ खाते–पीते भी होगे।''

''हाँ, बाबूजी!''

''तभी चौधरी साहब ने अपने नौकर रामू को बुलाया और कहा, ''ये बर्तन ले जाओ और इन्हें अन्य बर्तनों से अलग कर देना या अपने घर ले जाना।''

''बाबूजी! आपको कुछ मालूम नहीं है। आपकी रजनी, उनके लड़के राकेश से प्यार करती है, राकेश ने आई.ए.एस. की परीक्षा पास कर ली है और प्रशिक्षण के बाद वह कलेक्टर बन जायेगा। अपनी रजनी राज

करेगी। चिराग लेकर ढूँढने से भी ऐसा वर न मिलेगा। विवाह की स्वीकृति के लिये मैं आपके पास आया हूँ। आपकी स्वीकृति मिल जाये और मैं नेक कार्य जल्द सम्पन्न करा दूँ क्योंकि बुजुर्गों का कहना है कि नेक कार्य में देर नहीं होनी चाहिये! देर होने से उसमें रूकावट आ जाती हैं।''

''बस! बस! रहने दे 'कुल कलंक'! और ज्यादा न बोल वर्ना मेरा वक्षस्थल फट जायेगा। अरे नीच! मैंने तुझे पैदा होते ही क्यों न मार डाला? मुझे क्या मालूम था कि मेरा कुल रत्न ही कुल कलंक बन जायेगा। हट जा, मेरी नज़रों के सामने से अन्यथा मेरे हाथों से कुछ अनर्थ हो जायेगा। इसी समय अपने परिवार को यहाँ से ले जा, फिर चाहे कैसा भी करना। मेरे सामने, मेरे जीते जी यह नहीं हो सकता। इसी में तेरी व तेरे परिवार की भलाई है। मेरा तुम लोगों से कोई सम्बन्ध नहीं है। तुम मेरे लिये .... और मैं .... ।''

धीरे–धीरे बात ठंडी हो गयी और जीवन फिर से सामान्य हो गया। अजय प्रताप अपनी बैठक में बैठे कुछ विचार मग्न थे। बैठक में उनके अलावा कोई न था। अचानक अश्रु धारा उनके नयनों से बह निकली और उनकी आंखें लाल हो गयी और वे कांपने लगे। लगभग उसी समय बड़े चौधरी साहब ने बैठक में प्रवेश किया और पुत्र की हालत देखकर घबरा उठे और पूछे ''अजय क्या बात है, बेटा?''

''कुछ नहीं, बाबूजी।''

''बात तो कुछ न कुछ अवश्य है, लेकिन बेटा तुम मुझसे छिपा रहे हो। मैंने धूप में बाल सफेद नहीं किये हैं। अजय मुझे अपने दिल की बात बताओ।''

उसके बाद अजय अपने बाबूजी के गले से लिपटकर सिसक–सिसक कर रोने लगे। तभी बड़े चौधरी साहब ने उन्हें मूढ़े पर बैठा दिया।

''बाबूजी, इलाहाबाद में एक मुसलमान लड़का और हिंदू लड़की आपस में प्यार करते थे। समाज व परिवार वालों ने उन्हें इस बात की इजाजत नहीं दी कि वे एक–दूसरे को अपना लें। समाज व परिवार वालों से तंग आकर दोनों ने .... ।''

''क्या किया?'' परेशानन सा होकर बड़े चौधरी साहब ने पूछा।

''आत्महत्या!''

''क्या!''

"हाँ, बाबूजी! दोनों ने आत्महत्या कर ली, उस समय मेरी पोस्टिंग इलाहाबाद में ही थी।"

"मैं सोच रहा था, कहीं यही हाल हमारी रजनी .... हो। यह कल्पना करके ही मेरा दिल दहल गया बाबूजी..........। देख लो बाबूजी! मेरा तो दिल कांप रहा है। कहीं रजनी वह सब न कर बैठे जो .... रजनी के अलावा हम लोगों का है ही कौन? वह मेरी इकलौती पुत्री तथा आपकी इकलौती पोती है। अगर वह न रही तो हमारा जीवन नर्क बन जायेगा।"

"मैं तुम्हारी बात से सहमत हूँ, अजय। मैंने अपना विचार बदल दिया है। अपने लिये नहीं, तुम्हारे लिये नहीं, रजनी के लिये .... अगर उसे कुछ हो गया तो मैं आप लोगों को कैसे मुँह दिखाऊँगा? आखिर रजनी मेरी इकलौती पोती है। लेकिन अजय यह शादी तुम गाँव में नहीं करोगे बल्कि शहर में करोगे। मैं भी पूरी सम्पति बेचकर तुम्हारे पास आ जाऊँगा।"

"बाबू जी! रजनी और राकेश दोनों बालिग हैं। हमारी अनुमति के बिना भी दोनों शादी कर सकते हैं, लेकिन प्यार करने के बावजूद रजनी अपने परिवार की इच्छा के विरूद्ध कुछ न करेगी जिससे उसके खानदान का नाम बदनाम हो। वह घुट–घुटकर अपनी जान दे देगी।"

"पोती किसकी है, अजय!" बड़े चौधरी साहब ने अपनी लम्बी–लम्बी मूछों पर हाथ फिराते हुये कहा।

क्षमा

विजय, स्टेट बैंक ऑफ इण्डिया, आगरा में शाखा प्रबन्धक थे। उनकी शादी एक प्रतिष्ठित परिवार की अति सुन्दर लड़की नीना से हुई थी। दोनों के पास ऐश और आराम के सभी साधन व साज–सामान मौजूद थे। विजय के घनिष्ठ मित्र मोहन थे जो अक्सर उनके यहाँ आते रहते थे। वे डिग्री कॉलेज में अंग्रेजी के सहायक प्रोफेसर थे। कुछ दिन बाद विजय ने यह बात महसूस की कि नीना उसके दोस्त मोहन में अत्यधिक रूचि ले रही है क्योंकि नीना मोहन के बारे में ज्यादा बातचीत करती थी। न आने पर कहती कि आपके दोस्त कई दिन से दिखायी नहीं दिये हैं।

विजय एक दिन स्वास्थ ठीक ना होने के कारण बैंक से जल्दी आ गये। मकान पर आकर उन्होंने देखा कि मोहन का स्कूटर खड़ा है। तभी उनका दिमाग चकराने लगा। इस आशंका से कि मामला कुछ गड़बड़ है वह बेडरूम के पास वाली खिड़की के पास खड़े हो गये तो उन्हें एहसास हुआ कि दोनों .... क्योंकि बेडरूम की खिड़की थोड़ी सी खुली हुई थी।

"मोहन, तुमने मुझे बड़ा प्यार दिया है। मैं हर पल तुम्हारा इंतजार करती रहती हूँ। दिन–रात बस तुम्हारी सूरत ही मेरी नज़रों के सामने घूमती रहती है।"

"और विजय!" मोहन ने कहा।

"तुम्हारा दोस्त तो भोंदू है। जैसा मोटा शरीर है, वैसी ही मोटी अक्ल!"

"लेकिन आजकल उसे हमारे ऊपर शक हो गया है।"

"होने दो, मैं क्या उससे डरती हूँ!"

"कैसी बात करती हो नीना! माना कि हमने .... लेकिन हमने .... लेकिन इसका मतलब यह तो नहीं तुम्हारे रूप को देखकर मैं भी ....।"

तभी विजय धक्का मारकर पूरी खिड़की खोल देता है। विजय को देखकर दोनों चौंक उठते हैं। दोनों के मुँह से एक ही शब्द निकला "आप!"

"हाँ, मैं!"

"मुझे आप लोगों पर पहले ही से शक था, लेकिन मैंने इस बात को ज्यादा महत्व नहीं दिया। नीना! तुम्हारा जो प्यार मेरे प्रति था वह महज एक नाटक था। तुम मुझे इतने समय तक छलती रही। वाह रे चरित्र! जब बड़े–बड़े महर्षि व देवता ही स्त्री चरित्र को न समझ पाये तो मेरी तो औकात ही क्या है! फिर मैं तो भोंदू हूँ। शरीर के साथ–साथ मेरी अक्ल भी मोटी है। तुम लोग जिसे प्यार समझ रहे हो, वह प्यार नहीं बल्कि वासना का घिनौना रूप है। मोहन मैंने तेरे ऊपर .... तू भी दगाबाज़ निकला।"

"भाई साहब! मैं अपने किये पर बेहद शर्मिदा हूँ।"

"मोहन, अब इसका जिन्दा रहना, हम दोनों के लिये खतरे से खाली नहीं है।" नीना ने कहा।

"नीना! मैं स्वयं अपनी जीवन लीला समाप्त करने जा रहा हूँ। मैं अब जीऊँगा भी किसके लिये?"

"मिसेज विजय क्या आप ही हैं?" उप0नि0 दीवान ने पूछा।

"जी हाँ, मैं ही हूँ।"

"मैडम! हमें बड़े दुःख के साथ आपको सूचित करना पड़ रहा है कि आपके पति मिस्टर विजय ने यमुना नदी में कूदकर आत्महत्या कर ली है। उनका स्कूटर पुल के ऊपर खड़ा हुआ मिला है। स्कूटर की डिग्गी से हमें यह पत्र मिला है, जिसमें उन्होंने आत्महत्या करने वाली बात स्वीकार की है। बहुत प्रयास करने पर भी हम आपके पति की लाश ढूँढने में कामयाब न हो सके।"

तभी नीना फफक–फफक कर रोने लगी और बोली "दरोगा जी! मैं लुट गयी, बर्बाद हो गयी। वे तो चले गये और मुझे इस दुनिया में तड़पने के लिये छोड़ गये। आप तो समझते हैं कि हमारे समाज नें विधवा स्त्री की क्या स्थिति है, लोग उसका मुँह देखना भी पसन्द नहीं करते।"

धीरे–धीरे सब कुछ सामान्य हो गया तथा मोहन और नीना एक–दूसरे में लीन हो गये। ऐसा लम्बे अर्से तक चलता रहा, फिर यकायक नीना ने मोहन से कहा "ऐसा कब तक चलेगा... अब हमें शादी कर लेनी चाहिये।"

"मैं तुम्हारा अभिप्राय समझा नहीं नीना!"

"मोहन! अब हमें शादी कर लेनी चाहिये। इस तरह छुप–छुप कर मिलना कब तक चलेगा... हमारे रास्ते का कांटा स्वयं ही हमारे रास्ते से हट गया।"

"नहीं, कभी नहीं! कदापि नहीं, नीना! मैं ऐसी गलती बिल्कुल नहीं करूंगा। नीना, जब तुम मुझे पाने के लिये अपने पति को छोड़ सकती हो, तो कल और किसी को पाने के लिये मुझे भी छोड़ सकती हो। तुम जैसी स्त्री के ऊपर विश्वास नहीं किया जा सकता। तुम्हारे लिये शुभ सूचना यह है कि अगले महीने मेरी शादी होने वाली है। तुम जरूर आना! शादी के बाद शायद मैं तुम्हारे पास कभी न आ सकूं क्योंकि तुम्हारी तरह शादी के बाद मैं अपने जीवन साथी के साथ विश्वासघात नहीं कर सकता!"

पहली बार नीना को अपनी गलती का एहसास हुआ 'मैंने अपने पति के साथ कितना विश्वासघात किया है जिसके कारण उन्होंने आत्महत्या कर ली। अपना पति आखिर अपना पति होता है। कितना प्यार करते थे, वे मुझे! उनके प्यार में सादगी थी, सच्चाई थी जिसको मैं समझ नहीं पायी। न जाने मेरी बुद्धि को क्या हो गया था। क्षणिक शारीरिक सुख की खातिर मैंने अपने हरे–भरे जीवन को बर्बाद कर लिया जिसकी खातिर मैंने ....! वह भी मुझे बीच मंझधार में छोड़कर चले गये! मैं अब कैसे जीऊँगी! उन्होंने अपना नॉमीनेशन पहले ही चेन्ज करा दिया था। सम्भव वह उन्हें मेरे व मोहन के बीच के रिश्ते पर शक था।'

विजय जिस समय पुल से कूदा था, उसी समय दो मल्लाह नाव लेकर उधर ही आ रहे थे। उन्होंने विजय को बचा लिया। मल्लाह विजय को पास में बाबा की कुटिया पर ले गये, होश आने पर उसने आत्महत्या करने का कारण बता दिया था।

"बाबा! आप ही बताइये कि ऐसी परिस्थिति में मैं आत्महत्या न करता तो क्या करता? आप लोगों को मुझे नहीं बचाना चाहिये था।"

"बेटा, औरत के लिये .... ये जीवन जीने के लिये है, कुछ करने के लिये है। तुम पढ़े–लिखे हो। अपना जीवन नये सिरे से शुरू कर सकते हो। भूल जाओ कि कभी तुम्हारे जीवन में तूफान आया था।"

एक दिन संजय (विजय) अपनी दूसरी पत्नी तथा बच्चों के साथ अपने बंगले पर बैठे हुये थे। तभी दरवाजे की घंटी बजी। संजय अपनी पत्नी मनोरमा से बोले ''देखना मनोरमा कौन है?''

''जी, अच्छा!''

मनोरमा ने बाहर जाकर देखा कि एक 40–50 साल की औरत उनके दरवाजे के बाहर खड़ी है। देखने में वह पढ़ी–लिखी दिखाई दे रही थी।

आने वाली औरत ने कहा ''बहन मैं नीना हूँ। आपने अपने बच्चों के लिये ट्यूशन का जो विज्ञापन दिया था, मैं उसी के लिये आयी हूँ। वैसे मेरी शिक्षा बी0ए0, बी0एड0 है।''

''लेकिन हमने तो ट्यूटर रख ली है।''

''बहन, मैं बड़ी उम्मीद लेकर आई हूँ। अगर वह काम नहीं तो और किसी अन्य काम पर रख लो। मैं जिन्दगी में चलते–चलते बहुत थक गयी हूँ। बड़ी ठोकर खायी है मैंने जीवन में। कुछ नहीं तो मैं तुम्हारे घर का कार्य भी करूंगी तथा फालतू समय में बच्चों को पढ़ा दिया करूंगी। मुझे तनख्वाह नहीं, आश्रय चाहिये जीने के लिये तथा पेट भरने के लिये।''

''मनोरमा, कौन है?''

''हमने जो ट्यूशन के लिये विज्ञापन दिया था, उसके लिये.........।''

''लेकिन हमने तो ट्यूटर रख ली है।''

''यह कह रही है कि घर में काम पर ही रख लो तथा ये घर के काम के अलावा फालतू समय में बच्चों को भी पढ़ा दिया करेगी।''

''रख लो, मनोरमा! तुम्हें भी मदद मिल जायेगी। दिन–भर परेशान रहती हो। मैंने कई बार कहा कि...........! लेकिन तुम हो कि तुम्हारे कानों में जू नहीं रेंगती।''

''कैसे रख लूं जी? आज कल के जमाने में जितनी भी वारदात घरों में हुई हैं उनमें ज्यादातर में उस घर का नौकर किसी न किसी रूप में उस वारदात से जुड़ा हुआ पाया गया।''

तभी संजय (विजय) बाहर निकल कर आता है। नीना संजय को देखकर बोली, ''विजय आप!''

''हाँ, नीना मैं!'' मुझे जीवित देखकर तुम्हें आश्चर्य हो रहा है।''

"नहीं, आपको जीवित देखकर मुझे जितनी प्रसन्नता हुई है, उसे शब्दों में बयान नहीं किया जा सकता। आपके दिल में मेरे लिये जो स्थान होगा, वह मैं अच्छी तरह से जानती हूँ, लेकिन अगर आप मुझे एक बार क्षमा कर दें, तो मैं आराम से मर सकूँगी, मैंने अपने किये की बहुत सजा भोगी है। आपको एक बार धोखा देकर मैंने कितनों से कितनी बार धोखा खाया है।"

"तुझे क्षमा कर दूँ, कुलटा! तू नारी जाति पर कलंक है। तुम जैसी औरतों को जिन्दा रहने का कोई हक नहीं है, लेकिन तू अभी तक जिन्दा है।"

"विजय! मैं बहुत थक चुकी हूँ, टूट चुकी हूँ। सब कुछ भूलकर अपना घर बसाना चाहती थी, लेकिन इस बेरहम समाज ने........................ लोग मेरी सुन्दर देह का रसपान करते रहे। मुझे इस शरीर से, अपने आप से घृणा हो गयी है। मेरा शरीर आज............ परन्तु मैंने इसका इलाज नहीं कराया। जब सुख इस शरीर ने भोगा है तो दुःख भी इसी शरीर को भोगना पड़ेगा। किसी ने सच कहा है कि औरत जीवन में अगर एक बार बहक गयी तो वह सम्भल नहीं पाती। विजय, बस एक बार मुझे क्षमा कर दो तो शायद ....।"

"बहन, तुम ही इनसे कहो कि यह मुझे क्षमा करके अपने यहाँ रख लें! भगवान की कसम बहन! मैं तुम्हारे पति की तरफ आंख उठाकर भी नहीं देखूंगी। उन्हें अपना मालिक तथा आपको मालकिन समझूंगी।"

"रख लो जी! जब यह इतनी विनती कर रही है। आखिर है तो .. ..।"

"क्या कह रही हो, मनोरमा? तुम्हें नहीं मालूम कि इसने कितना बड़ा धोखा मेरे साथ किया है।"

"मेरी सब कुछ समझ में आ रहा है लेकिन मैं फिर भी यही कहूंगी कि आप इन्हें क्षमा करके इसी घर में आश्रय दे दीजिये। मेरी अनुपस्थिति में बच्चों को इनसे अच्छा कौन रख सकता है!"

तभी नीना संजय के पैरों में झुकी तथा संजय ने उसे ठोकर मारकर दूर ढकेलते हुये कहा, "दूर हट जा मेरी नज़रों के सामने से कलंकनी! मैं तेरी सूरत तक देखना नहीं चाहता। तू तो इस योग्य भी नहीं है कि क्षमा मांग सके।"

कुछ समय बाद संजय व मनोरमा बाज़ार गये। तभी सड़क पर बड़ा शोर सुनायी दिया। संजय को वहां जाने पर मालूम हुआ कि किसी औरत का एक्सीडेन्ट हो गया है। संजय भीड़ को हटाता हुआ उस स्थान पर पहुँच गया जहाँ नीना ....। नीना की दोनों टांगे बुरी तरह कुचली जा चुकी थी। तभी संजय ने मनोरमा से एम्बूलेंस मँगाने के लिये टेलीफोन करने को कहा।

तभी नीना ने हाथ के इशारे से मना किया और बुझे स्वर में कहा "विजय, हो सके तो मुझे क्षमा कर देना।"

तभी संजय (विजय) ने नीना का सिर अपनी गोद में उठा लिया और कहा "पगली! तुझे तेरे किये की सजा मिल चुकी है। मुझे धोखा देकर तूने कितने कष्ट सहे, कितना अपमान सहा होगा, फिर भी तेरी आत्मा.................। उसमें पवित्रता का अंश अवश्य था वर्ना तू क्षमा के लिये इतनी चिन्तित न होती।"

"विजय! जब इंसान अपनी नज़र में गिर जाता है उसे अपने आप से घृणा हो जाती है, फिर उसे कहीं चैन नहीं मिलता। वह भागता रहता है जीवन भर लेकिन उसे शान्ति नहीं मिलती। उसकी आत्मा जीवन भर भटकती रहती है।"

"लेकिन नीना अब तेरे लिये क्षमा का कोई मतलब नहीं रह गया है क्योंकि तू.................?"

"मतलब है, विजय! अब मैं आराम से मर सकूँगी!"

"जा, मैंने तुझे क्षमा किया!"

'क्षमा' शब्द सुनते ही नीना की गर्दन एक ओर लुढ़क गयी तथा एक चरित्रवान तथा चरित्रहीन औरत की जीवन लीला समाप्त हो गयी। नीना शारीरिक रूप से चरित्रहीन होते हुये भी मानसिक रूप से चरित्रवान थी। क्षमा के लिये इतना विचलित होना ही उसके मानसिक रूप से चरित्रवान होने का प्रमाण है।

सुबह का भूला

रामबाबू एम.ए., पी.एच.डी. करके एक इण्टर कॉलेज में मैथ के लेक्चरर थे। उनकी आयु 30 वर्ष से ऊपर हो चली थी परन्तु उन्होंने अभी तक शादी नहीं की थी। उनके लिये लड़कियों की कमी न थी लेकिन जिस तरह की लड़की रामबाबू चाहते थे, वैसी उन्हें अभी तक नहीं मिली थी। इस सम्बन्ध में उनका कहना था कि वह न तो बहुत शिक्षित होनी चाहिये और न कम शिक्षित। वह न तो बहुत पतली होनी चाहिये और न बहुत मोटी। वह न तो बहुत सुन्दर होनी चाहिये और न कुरूप। वह न तो अमीर बाप की बेटी हो और ना ही बहुत गरीब, वह न तो बहुत सीधी हो और न ही बहुत स्मार्ट। अब तक सैकड़ों लड़कियों को वह रिजेक्ट कर चुके थे लेकिन उन्हें अभी तक अपनी पसन्द की लड़की नहीं मिली थी।

उनके ही कॉलेज में सुधा मल्होत्रा नाम की एक हिन्दी की लेक्चरर थीं, जो अत्यन्त सीधी, सांवले रंग की तथा गरीब परिवार से सम्बन्धित थीं। एक दिन सुधा मल्होत्रा ने रामबाबू के समक्ष शादी का प्रस्ताव रखा, जिसे रामबाबू ने, न सिर्फ अस्वीकार कर दिया बल्कि उसकी गरीबी और कई बातों का उल्लेख करते हुये अपमानित भी किया।

पूरे शहर में रामबाबू के चर्चे थे। उसी दौरान उनके कुछ साथियों ने योजना बनाकर एक अत्यन्त स्मार्ट, सुन्दर, उच्च मध्यमवर्गीय लड़की से शादी सम्पन्न करा दी जो स्टेट बैंक में अफसर थी। शादी के बाद, जब रामबाबू सुहागरात मनाने अपनी धर्मपत्नी के पास पहुँचे तो उसने रामबाबू का खूब उल्लू बनाया। वे कभी कहती मेरे हाथ–पैर में दर्द है, कभी कहती कि मेरे कूल्हें में दर्द है, कभी कहती कि मेरा सिर दर्द से फटा जा रहा है। कहने का तात्पर्य है कि उन्होंने रामबाबू को जी भरकर परेशान किया।

रामबाबू अकेले ही रहते थे और उनकी सुबह जल्दी उठने की आदत थी। लेकिन उन्होंने सोचा कि आठ बज गये हैं और मैडम उठने का नाम नहीं ले रही हैं तो चाय उन्होंने खुद बना ली।

"डियर, राम! आप तो जानते ही हैं कि रात मेरी तबीयत ठीक नहीं थी, फिर भी आपने........! जिसके कारण शरीर टूटा जा रहा है। अब नाश्ता भी आपको ही तैयार करना पड़ेगा, ओह! कितनी देर लगा दी चाय–नाश्ते बनाने में आपने। अभी तो मेरी छुट्टी है, किसी तरह चल जायेगा लेकिन..................! अगर ऐसी देरी किया करोगे तो मुझे बैंक के लिये देरी हो जाया करेगी।"

" तो क्या?"

"परेशान होने की जरूरत नहीं है, राम! मैं भी तुम्हें हर सम्भव मदद दिया करूंगी।"

कुछ दिन बाद रामबाबू ने नौकरानी रखने का प्रस्ताव रखा तो उनकी धर्मपत्नी ने उनका प्रस्ताव यह कहकर ठुकरा दिया कि आजकल नौकरानियां–नौकरानी से ....।

उसी दौरान रामबाबू ने शादी के उपलक्ष्य में शानदार पार्टी दी। पार्टी में शहर के जाने–माने व्यक्तियों को निमन्त्रण पत्र भेजा। सभी ने पार्टी व दुल्हन की तारीफ की। सुधा मल्होत्रा भी पार्टी में आयी थी, उन्होंने भी शादी की मुबारकबाद दी तथा नवविवाहिता पत्नी के बारे में पूछा तो रामबाबू ने प्रशंसा के पुल बांध दिये।

धीरे–धीरे वह बहुत सुस्त रहने लगे। उनका रंग पीला पड़ गया। उन्हें घर का सारा कार्य तो अकेले ही करना पड़ता था। पत्नी की जली–कटी बातें भी सुननी पड़ती थी। उसका जीवन नर्क बन गया था।

एक दिन नाश्ता समय पर तैयार ना होने के कारण उनकी पत्नी उनसे बिगड़ते हुये बोली "राम! आपने अभी तक नाश्ता तैयार नहीं किया, मैंने आपसे कहा था कि आज मुझे बैंक में आवश्यक मीटिंग में जल्दी जाना है। आप हैं कि आराम से माथे पर हाथ रखे बैठे हैं।"

"सुषमा! मेरी तबीयत ठीक नहीं है।"

"तबियत खराब है, तो डाक्टर को दिखाओ, लेकिन मैं जानती हूँ कि तबीयत खराब होने का तो बहाना है। बस थोड़ा घर का काम............... .... देखो, बैंक में कागज पलटते–पलटते दिमाग.................. आप तो कॉलेज भी थोड़े समय के लिये जाते हो, वहां पर भी क्या है, उल्टे सीधे लेक्चर दे दिये, हो गई छुट्टी! मेरी जगह होते तो अक्ल ठीक हो जाती। मेरी तनख्वाह भी आपसे ज्यादा है। वह तो बुरी नहीं लगती। सुबह–सुबह मूड और खराब कर दिया।" यह कहकर वो बड़बड़ाती हुई बैंक चली गयी।

उस दिन राम का कॉलेज में मन नहीं लगा। तभी अचानक उनकी मुलाकात सुधा मल्होत्रा से हो गयी।

''राम! मैं आजकल देख रही हूँ कि जब से आपकी शादी हुई है, तब से आप......... पीला चेहरा निकल आया है। इतनी खूबसूरत, उच्च खानदान की पत्नी मिली है।''

''क्यों कटे पर नमक छिड़कती हो? आज मुझे गलती का अहसास हो रहा है, जो मैंने आप जैसी.......... का प्रस्ताव ठुकरा दिया जिसकी सजा मैं आज भोग रहा हूँ। अगर ऐसा ही चलता रहा तो जल्द ही मेरा जीवन... .... मुझे बचा लो सुधा!'' यह कहकर राम बाबू की आंखों में आंसू आ गये।

''ऐसी बातें नहीं करते राम! इन्सान को हिम्मत नहीं हारनी चाहिये, ऐसे मौके जीवन में आते ही रहते हैं। इन्सान को दृढ़तापूर्वक उनका सामना करना चाहिये।''

कुछ समय तक तो गाड़ी किसी तरह चलती रही। फिर एक समय आ गया कि दोनों उस स्थिति में पहुंच गये जहां पत्नी पति .... फिर दोनों ने तलाक ले लिया और अलग–अलग रहने लगे।

कुछ समय बाद रामबाबू ने सुधा के समक्ष शादी का प्रस्ताव रखा। थोड़े प्रयास के बाद सुधा ने प्रस्ताव स्वीकार कर लिया। वास्तव में वह राम से बहुत प्यार करती थी। बहुत ही साधारण ढंग से दोनों ने शादी कर ली और .... लेकिन इस रात को राम बहुत प्रसन्न था। पूरा प्यार दिया था सुधा ने अपने पति को, एक आदर्श पत्नी की तरह। उसी रात रामबाबू की तबियत अचानक खराब हो गयी तो वह परेशान हो गयी और रात भर पति की सेवा करती रही। पूरी रात में वह एक–दो घण्टे सोयी होगी। सुबह भी जल्दी ही सोकर उठ गयी तथा नहा–धोकर पति के लिये चाय बना लायी और बोली ''उठो, राम चाय....!''

''सुधा! तुम इतनी जल्दी चाय भी बना लाई। लगता है, तुमने तो स्नान भी कर लिया।''

''हाँ!''

''चाय तुमने बना ली, नाश्ता मैं तैयार कर लूंगा।''

''तो क्या सुषमा के राज में ....?''

''हां, सुधा! वह कभी–कभी बेमन से मदद किया करती थी।''

''औरत अगर खाना बनाकर भी अपने पति को न खिला सके तो... .... वो दूसरी बात है कि पत्नी की तबियत खराब हो, तब तो पति को पूरा सहयोग पत्नी को देना ही चाहिये। पत्नी का ख्याल रखना पति

का परम कर्तव्य है। परन्तु यह नहीं कि पति महोदय रसोई का चार्ज संभाले और पत्नी ड्रांइगरूम का। सर्विस करने वाले पति–पत्नी को मिल–जुलकर घर का काम करना चाहिये।''

सुधा के व्यवहार को देखकर रामबाबू के मुंह से अचानक ये शब्द निकल पड़े, ''हे भगवान! थोड़े ही समय में मैंने औरत के दो रूप देखे, पत्नी के रूप में! पत्नी पति के लिये एक तीर्थस्थल भी है, जिसमें नहाकर पति .... और नर्क कुंड भी जिसके सम्पर्क में रहकर पति................ ''सुबह का भूला अगर शाम को घर वापस आ जाये तो .... ।''

पति–पत्नी दोनों अपने लॉन में बैठे चाय पी रहे थे। तभी एक फटेहाल स्त्री ने लॉन में प्रवेश किया... नजदीक आने पर मालूम हुआ वह सुषमा थी। सुषमा को इस भेष में देखकर दोनों को बहुत आश्चर्य हुआ क्योंकि सुषमा तो बहुत सफाई वाली, फैशनेबल औरत थी।

''बहन, सुधा! इनसे तो मुझे कुछ कहने का हक नहीं है, वह अधिकार तो मैं बहुत पहले खो चुकी हूँ, लेकिन औरत के नाते आपसे अवश्य कह सकती हूँ, मुझे भी इस घर में आश्रय दे दो, एक नौकरानी के रूप में, मैं आप लोगों का चौका–बर्तन कर दिया करूंगी। इस घर से निकलने के बाद मैंने बड़ी–बड़ी मुसीबतें झेली हैं परन्तु मुझे कहीं भी एक पूर्ण औरत के रूप में सम्मान न मिला। अगर किसी मर्द ने मुझे चाहा तो पाने के लिये और पाने के बाद.............. ये समाज मुझे बड़ी घृणेत दृष्टि से देखता है। चरित्रहीनता के कारण मेरी नौकरी छूट गयी। मम्मी–पापा ने भी मुझे घर से निकाल दिया। इंसान की जिन्दगी एक बार पटरी से उतर जाये, उसके बाद........................... ।''

''बद्तमीज, औरत! दफा हो जा यहां से, क्यों मेरे हरे–भरे घर को आग लगाने आयी है! अभी तो वो घाव भी हरे हैं जो तूने मुझे दिये थे, मैं तेरी सूरत भी नहीं देखना चाहता। सुषमा! ''तू नारी जाति पर कलंक है।''

''नहीं, राम! मैं आपसे यह नहीं कहती कि आप मुझे .... क्योंकि मैं इसी योग्य हूँ। औरत एक बार समाज की नज़रों में गिर जाये, उसके बाद समाज उसे बड़ी घृणित दृष्टि से देखता है, उसका जीना

मुश्किल कर देता है।" यह कहकर सुषमा रामबाबू के पैरों की तरफ झुकी।

राम ने पैर की ठोकर से उसे दूर ढकेल दिया।

"राम! घर आये मेहमान का अपमान नहीं करते।"

"ये और मेहमान!" राम ने हंसते हुये कहा।

"हाँ, ये मेहमान! आपकी नहीं, बल्कि मेरी! आप दोनों का रिश्ता भले ही खत्म हो गया है लेकिन मेरा एक रिश्ता इनके साथ है, मैं तो इनकी बहुत शुक्रगुज़ार हूँ जो इन्होंने तुम्हें ठुकराकर मेरी झोली में डाल दिया। सुषमा बहन निहायत खूबसूरत थी और हैं इसीलिये तो आपने मुझे ठुकराकर इनका चुनाव किया था। अब तो इनकी सर्विस भी छूट गयी है अतः आपको पूरा प्यार दिया करेंगी, मुझे तो आपने मजबूरी में अपनाया था वर्ना कौन मर्द चाहता होगा कि एक सुन्दर स्त्री को छोड़कर एक काली कलूटी औरत घर में रखे।"

"सुधा! तुम्हारी बात में कुछ सच्चाई हो सकती है लेकिन ऐसी सुन्दरता किस काम की, जिसमें न मर्यादा हो न प्यार, न हमदर्दी हो न कर्तव्य का एहसास। क्या सिर्फ सुन्दरता के ही सहारे जीवन यापन किया जा सकता है? नहीं सुधा! ऐसा सम्भव नहीं, जीवन यापन के लिये एक सच्चा जीवन साथी चाहिये जिसमें प्यार हो, अपनापन हो, जो अपने जीवन–साथी के लिये जीये, उसी के लिये मरे। तुम क्या कह रही हो तुम्हें इसका एहसास नहीं है। क्यों अपने व मेरे हरे–भरे जीवन को नरक बनाना चाहती हो?"

"इनके घर में रहते हुये आप मुझे कितना प्यार देते हैं, तभी आपका अपनापन व प्यार मुझे मालूम होगा। इनकी गलतियों ने मुझे आपसे मिला दिया वर्ना आप भी मुझे............ मैं नहीं कहती कि आप इनसे.. .... और सम्बन्ध रखने पर कोई पाबन्दी भी नहीं है। अगर आप चाहो तो तलाक भी वापस ले सकते हो, यह सब आपके ऊपर निर्भर है, जैसा आप समझें। लेकिन मुझे इस घर से बाहर भगा मत देना, जो भी कुछ करो, मुझे बताकर करना। मैं कभी भी आप दोनों के बीच में नहीं आऊँगी। वैसे मुझे आपके ऊपर पूर्ण विश्वास है तथा सुषमा बहन भी मेरे साथ कम से कम ऐसा कुछ न करेंगी जिससे मेरे विश्वास को ठेस पहुंचे। लेकिन ये रहेंगी इसी घर में, मेरी बहन बनकर और आपकी साली........... आपके जीवन में साली का जो अभाव है, वह भी दूर हो जायेगा।"

"ओह! सुधा, मैं तुम्हें कैसे समझाऊँ मेरी समझ में नहीं आता?"

"समझाने की जरूरत भी नहीं है, राम। मैं समाज में आपका अपमान होते भी नहीं देख सकती कि लोग कहें कि ये राम की पहली पत्नी है। दोनों का तलाक हो गया। राम भी अपने आपको बहुत तेज समझता था। सैकड़ों लड़कियां उसने रिजेक्ट कर दी थी लेकिन इसने राम को छः माह में ही सीधा कर दिया और खुद भी सीधी हो गयी। अब इनकी कोई इज्जत नहीं करता होगा, यहाँ से सम्बन्ध टूट ही चुका है। माँ–बाप ने अपने घर के दरवाजे हमेशा–हमेशा के लिये बन्द कर दिये हैं, नौकरी छूट ही चुकी है। ये जाये तो कहा जाये, आपका नाम इनके साथ जुड़ा है। इस घर में शरण न मिलने पर ये आपका नाम कलंक्ति करती रहेंगी और यह मुझे बर्दाश्त नहीं कि कोई आपका नाम कलंकित करे।"

तभी सुषमा, सुधा के पैरों में झुकी और बोली, "तुम महान हो बहन! अन्य बातें छोड़ो, मेरी नज़र कभी राम के व तुम्हारे सामने नहीं उठेगी। राम तुम्हारे थे, और तुम्हारे ही रहेंगे। मेरे बने थे, लेकिन मैंने इनका।

"ये क्या कर रही हो बहन सुषमा! आप मेरे से बड़ी है और इस घर में आपको हमेशा मेरी बड़ी बहन का प्यार मिलता रहेगा।" तभी सुधा ने सुषमा को गले से लगा लिया।

तभी राम के भरे हुये गले से आवाज़ आयी "कोई औरत इतनी महान कैसे हो सकती है!"

नकल

"राम, तुम यह क्या कर रहे हो?"

"कुछ नहीं भैया!" राम ने अपने हाथ में लिया हुआ कागज छुपाते हुये कहा।

तभी राम के बड़े भाई श्याम ने वह कागज का टुकड़ा, राम के हाथों से छीन लिया और बोले "ओह! नकल करने की तैयारी है, नकल की चिट बनाई जा रही है। बारहवीं की परीक्षा दे रहे हो और तुम्हारा ये हाल है। आजतक प्रथम श्रेणी से उत्तीर्ण, इसी अनुचित साधन के बल पर होते रहे हो, लेकिन आज तुम्हारा भेद खुल ही गया। तुम मुझे व माता–पिता को धोखा नहीं दे रहे हो बल्कि अपने आपको धोखा दे रहे हो। आज मेरा डांटना तुम्हें बुरा लग रहा होगा, लेकिन कल जब समय निकल जायेगा और जब तुम्हारी बुद्धि प्रौढ़ हो जायेगी, तब तुम्हें मेरी बात याद आयेगी क्योंकि इस तरह पढ़ाई करने से तो नौकरी मिलेगी नहीं... तब तुम पछताओगे कि भैया सही कहते थे, लेकिन उस समय तुम्हारे पास पछतावे के अलावा कुछ नहीं होगा। याद रखो! पढ़ाई एक तपस्या है, खून जलाकर, भूखे रहकर तथा सारी–सारी रात पुस्तकों का अध्ययन किया जाता है, तब जाकर विद्या आती है। कल से तुम्हारा कॉलेज जाना बन्द। कम से कम मुझे खेती के कार्य में सहायता मिलेगी।"

"मुझे माफ कर दीजिये भैया!" राम ने रोते हुये कहा।

"तुम्हें माफ कर दूँ राम! तुमने मेरी आत्मा को बहुत दुख पहुंचाया है। अरे नादान! मैं तो पारिवारिक परिस्थिति के कारण नहीं पढ़ पाया था लेकिन मेरे दिल में यही तमन्ना थी कि अपने छोटे भाई को खूब पढ़ाऊगाँ, चाहे इसके लिये मुझे घर–बार व जमीन क्यों न बेचनी पड़े।"

"भैया, मैं आपकी सौगंध खाकर कहता हूँ कि अब मैं भविष्य में कभी नकल नहीं करूंगा, चाहे फेल क्यों न हो जाऊँ!"

"ठीक है राम, लेकिन ध्यान रखना, अगर तुमने .... ।"

"नहीं भैया, अब आपको कभी इस विषय में अपने छोटे भाई से कोई शिकायत नहीं होगी।" राम ने कहा।

तभी पड़ोस के मास्टर जी ने कहा "श्याम, क्यों राम को डांट रहे हो?"

श्याम ने मास्टर जी को सारा वृतान्त बता दिया।

"क्या करें मास्टर जी, नकल की यह सामाजिक बुराई, हमारे क्षेत्र में बड़े चर्म पर है, परन्तु संतोष का विषय यह है कि नई सरकार ने इस विषय पर प्रभावी रूप से नियंत्रण किया है। यह उत्तर प्रदेश में शिक्षा के लिये महत्वपूर्ण है। बस डर इस बात का है कि कोई कल............... क्योंकि हमारे यहां पर फैसले भले ही शिक्षा से जुड़े हुए क्यों न हो, वोट की राजनीति को ध्यान में रखकर किये जाते हैं!"

"इस विषय में ऐसे कदम आवश्यक हैं कि छात्रों की शिक्षा के प्रति रूचि पैदा हो, वो शिक्षा को एक भार मानकर ग्रहण ना करें बल्कि....... .... जो छात्र नकल द्वारा या अनुचित साधन द्वारा प्रथम श्रेणी में उत्तीर्ण होते रहे है। (हमारे समय में प्रथम श्रेणी में उत्तीर्ण होना बहुत बड़ी बात समझी जाती थी, अब जमाना बदल चुका है।) इस तरह प्रधम श्रेणी में उत्तीर्ण होने वाले छात्रों से वे स्वयं, उनका परिवार, समाज, प्रदेश व देश क्या उम्मीद कर सकते हैं क्योंकि ऐसे छात्रों से उच्च शिक्षा की उम्मीद नहीं की जा सकती। उनसे प्रदेश व देश के लोक सेवा आयोग व संघ लोक सेवा आयोग की परीक्षा उत्तीर्ण करने की उम्मीद भी नहीं की जा सकती।"

"ऐसे छात्रों से बड़ी राष्ट्रीय व बहुराष्ट्रीय कम्पनियों (MNC) की परीक्षा उत्तीर्ण करने की उम्मीद भी नहीं की जा सकती, फिर वह स्वयं ही दिशाहीन दिशा में बढ़ा चला जा रहा है, जिसका उसे स्वयं ज्ञान नहीं है। अगर उसने समय रहते अपने आपको ना रोका तो ....।"

"राम, राम, राम।"

"क्या है सुरेश! क्यों शोर मचा रहा है। शोर मचाने से छात्रावास के अन्य छात्रों को परेशानी होती है।"

"बोलो, क्या बात है?"

"रीगल में 'चोर मचाये शोर' पिक्चर लगी है। सुना है, बहुत अच्छी पिक्चर है। कल रविवार है तथा वार्डन से परमीशन लेकर पिक्चर देखने चलते हैं।"

"तुझे पिक्चर की पड़ी है और मेरा पढ़ाई में मन नहीं लग रहा है। लगता है, मेरे भाई का कृषि–स्नातक का सपना कभी पूरा नहीं हो पायेगा। अगर मैं शुरू से मेहनत करता तो मुझे यह दिन न देखना पड़ता। बचपन की कमजोरी (शिक्षा के विषय में) छात्र को कितना दुःख दे सकती है, जो आज मैं स्वयं भोग रहा हूँ, जिसे शब्दों में व्यक्त नहीं किया जा सकता।"

तभी राम के विज्ञान के लेक्चरर पहुँच गये तथा उनसे हाल–चाल पूछा। राम ने उन्हें बताया कि सर...........।

उन्होंने जबाव दिया "राम, तुम समय निकालकर मेरे पास पढ़ने आ जाया करो।"

"सर मेरे पास तो....................।"

"कोई बात नहीं है। मुझे ज्ञात है कि तुम एक अच्छे छात्र हो। मैं तुम्हें बिना पैसे के पढ़ाऊंगा। इस उम्र में छात्र को एकाग्रता पर विशेष ध्यान देना चाहिये, पढ़ाई पर ध्यान देना चाहिये। बेकार की बातों में समय नष्ट नहीं करना चाहिये। मेरे कहने का तात्पर्य है कि तुम्हारी प्राथमिकता शिक्षा होनी चाहिये। मैं यह नहीं कहता कि खेलो मत, टी0वी0 मत देखो, इन्टरनेट का इस्तेमाल करो पर इनसे तुम्हारी शिक्षा प्रभावित ना हो, क्योंकि छात्र व छात्राओं की 15 वर्ष से 20 वर्ष तक की उम्र बड़ी संवेदनशील होती है। इन्हीं वर्षों में उनके भविष्य की नींव रखी जाती है।"

"भैया! भैया! भैया!"

"क्या बात है, राम बड़े खुश नज़र आ रहे हो।"

“भैया, मैं विकास खण्ड अधिकारी बन गया हूँ। यह रहा नियुक्ति प्रमाण पत्र।” राम ने अपने हाथ में लिया हुआ लिफाफा बड़े भाई को देते हुये कहा।

“राम, सब तेरी मेहनत और लगन का फल है, तुम पढ़ाई में इतना खो जाते थे कि खाना–पीना भी भूल जाते थे, तुम्हारी नियुक्ति से मैं बहुत प्रसन्न हूँ।”

“गलत, एकदम गलत, भैया! यह सब मेरी मेहनत और लगन का परिणाम नहीं बल्कि आपके द्वारा मुझे दी गयी शिक्षा व संस्कृति का फल है वरना मैं तो।”

राम अपने भैया के पैरों की तरफ बढ़ा तथा उनके बड़े भैया ने उसे गले से लगा लिया।

“राम, आज तूने, मेरा व माता–पिता तथा गाँव का गौरव बढ़ाया है। मैं आज तेरे बड़े भाई होने का गौरव महसूस कर रहा हूँ क्योंकि मैं विकास खण्ड अधिकारी का बड़ा भाई हूँ।”

मृत्यु भोज (ब्रह्म भोज)

पश्चिमी उत्तर प्रदेश के समाज में विशेषकर ग्रामीण समाज में मृत्यु भोज (ब्रह्म भोज) की प्राचीन परम्परा है। तात्पर्य यह है कि वृद्ध स्त्री की मृत्यु के बारहवें दिन तथा वृद्ध पुरूष की मृत्यु के तेरहवें दिन ब्राह्मणों को भोजन कराया जाता है तथा गाँव के लोगों को दावत दी जाती है। सम्पन्न लोग तो आस–पास के गाँव के लोगों को भी इसमें शामिल करते हैं। सोच व परम्परा के अनुसार जितना बड़ा भोज उतना सम्मानित व्यक्ति। मैं स्वयं गाँव के ऐसे भोज में शामिल हुआ था जिसमें केन्द्रिय मंत्री, राज्य स्तर के मंत्री व अधिकारी भोज में उपस्थित थे।

अगर कोई इस सामाजिक बुराई का विरोध करता है तो गाँव वाले उसे भोज करने के लिये बाध्य करते हैं तथा कहते हैं कि अगर उसने भोज नहीं किया तो उसके मृत सम्बन्धी की आत्मा को शांति नहीं मिलेगी। अगर कोई व्यक्ति आर्थिक स्थिति से कमज़ोर होने के कारण यह भोज नहीं करना चाहता तो उसे ऋण सुविधा भी मिल जाती है। यह सुविधा ब्याज युक्त व ब्याज मुक्त दोनों प्रकार से हो सकती हैं। समाज उस व्यक्ति को उसकी इच्छा के विरूद्ध भोज के लिये बाध्य करता है तथा उसे कर्ज के गर्त में डाल देता है जिसके नीचे वह जिंदगी भर दबा रहता है।

मलकपुर गाँव में एक किसान मध्यमवर्गीय परिवार रहता था। उसको एक लड़का एक लड़की थे। किसान के पिता का स्वर्गवास हो गया। गाँव वालों ने उसकी इच्छा के विरूद्ध उसे भोज देने के लिये बाध्य किया। किसान गाँव वालों के सामने रोया–चिल्लाया कि दावत में पैसा खर्च करने से मेरे बच्चों की पढ़ाई में बाधा आएगी लेकिन गाँव वाले नहीं माने। इसके फलस्वरूप किसान के लड़के की शिक्षा बीच में रूक गई। किसान के ऊपर कर्ज का बोझ और बढ़ गया क्योंकि उसके ऊपर पहले से भी कर्ज था। किसान का लड़का किसी तरह पढ़कर अध्यापक हो गया।

————————————

समय बीतता गया। लगभग 20 साल बाद मास्टर जी (अध्यापक) के पिता का देहान्त हो गया। तभी गाँव के एक वृद्ध सम्मानित व्यक्ति ने पूछा– "मास्टर जी! रोटी (भोज) करने का इरादा नहीं है क्या?"

"नहीं काका!"

"क्यों?"

"बस ऐसे ही, समझ लो!"

"फिर भी इसका कोई कारण तो होगा ही भाई! पैसे की कमी तो है नहीं। तनख्वाह भी आ रही है। थोड़ी बहुत जमादारी भी है। अगर कोई ऐरा–गैरा नत्थू–खैरा होता तो हम शायद कुछ न बोलते।"

"काका! कोई जरूरी नहीं है कि जो गलती मेरे पिताजी ने की, वही गलती मैं भी करूँ। मैं पिताजी की तरह अपने बच्चों का भविष्य खराब नहीं करना चाहता हूँ। रमेश का आई.आई.टी. में एडमीशन हो गया है। मुझे उसके लिये बहुत व्यवस्था करनी है। मैं भोज नहीं दूँगा। अगर गाँव वाले मुझे परेशान करेंगे तो मैं घर–खेत बेचकर गाँव छोड़कर चला जाऊँगा।"

"इसका मतलब है कि .... ।"

"अब मतलब बताने के लिये बचा क्या है, काका? मतलब साफ है।"

तभी सम्मानित वृद्ध, जिससे मास्टर जी बातें कर रहे थे, उनका बड़ा लड़का वहां आ गया और बोला, "क्या हुआ, दिनेश भईया?"

मास्टर जी ने पूरा हाल उसे सुना दिया।

"पिताजी! ये तो दिनेश भईया के साथ ज्यादती है। एक तो उनके पिता का................ और आप इन्हें....... ।"

गाँव के कुछ गणमान्य व्यक्ति व नवयुवक दिनेश मास्टर जी की चौपाल (पुरूषों के रहने का स्थान) पर एकत्र हो जाते हैं। तभी महेश नाम का एक नवयुवक, जो एम0बी0ए0 कर रहा था, कुछ कहने की अनुमति मांगकर कहता है कि आप लोग क्यों सामाजिक बुराईयों के पीछे पड़े रहते हैं। मैं पूछता हूँ कि क्या लाभ है इससे, सिवाय नुकसान के। दुनिया कहाँ से कहाँ पहुँच गयी तथा हम वहीं के वहीं हैं। अच्छी बात आप लोगों की

समझ नहीं आती है। दहेज लेने–देने में आप एक–दूसरे को मजबूर करते हैं। नसबन्दी का आप लोग इसलिये विरोध करते हो क्योंकि यह भगवान के कार्य में हस्तक्षेप है। जिन्दा रहते हुये किसी पुरूष/महिला को चैन से रोटी नहीं मिली हो परन्तु मरने पर दावत (भोज) होना चाहिये अन्यथा मृतक की आत्मा को शान्ती नहीं मिलेगी। सरकार को जनसंख्या वृद्धि पर सख्त नियम बनाने चाहिये। आप दिनेश भईया को दावत के लिये जो कर्ज दे रहे हैं, वही कर्ज उनके बेटे की पढ़ाई आई.आई.टी. तथा मेरी पढ़ाई एम0बी0ए0 में दो तो हम दोनों इस गाँव का नाम रोशन कर देंगे तथा कर्ज पर बैंक दर से ब्याज भी देंगे। उपस्थित नवयुवकों ने तालियां बजाकर उसका स्वागत किया।

तभी गाँव के एक सम्माननीय व्यक्ति ने कहा "जब आप लोगों ने पंचायत में हमारे सामने बोलना शुरू कर दिया, तो हमारा चुप रहना ही बेहतर है।"

www.ingramcontent.com/pod-product-compliance
Lightning Source LLC
LaVergne TN
LVHW100345051026
849518LV00003B/904
9789354725128